鉄道 ―関西近代のマトリクス

日本近代文学会関西支部編

◉目次◉

いずみブックレット 1

和泉書院

刊行の挨拶

日本近代文学の創作主体および研究主体は、東京を中心として生成・発展してきました。いま、中央と地方の格差是正が重要な政治課題であるとき、文学研究においても地方の独自性が問いなおされる必要があると思います。私たちの日本近代文学会関西支部は、一九七八（昭和五三）年の結成準備大会をふまえて、翌一九七九年五月に創設されました。以来、春季、秋季の大会をとおして、活発な研究活動を展開してきました。とくに、一九八〇年代、九〇年代には、十三回にわたるシンポジウムを企画し、作品論をめぐる可能性と限界にたいして積極的な提言をし、一定の成果を学界にもたらしました。また、一九九九年度の秋季大会では、関西支部創設二十周年を記念し、京都・大阪・神戸・奈良の《四都物語》という視点から、関西の文学的風土の意味を検証しました。それを契機に、二〇〇五年五月刊行の『大阪近代文学事典』をはじめとする関西の府県別による近代文学事典の出版を支部事業として推進しつつあります。

このように私たちの関西支部では、〈文学研究〉あるいは〈文学〉そのものの面白さを味わうために、さまざまな試みを展開しています。このたびの「鉄道―関西近代のマトリクス」は、二〇〇七年度の春季大会のシンポジウムとして企画されたものですが、関西という文学的空間の基盤を近代文化の表徴でもある〈鉄道〉という基軸によって、あらたにとらえなおすというきわめて意欲的で斬新な発想がその根底にあります。

和泉書院のご理解とご協力をたまわり、たんに文学研究者、文学愛好者にとどまらず、広く〈鉄道〉愛好者にも読んでいただけるにあたいする魅力あるブックレットを発刊できますことを心から感謝しております。

二〇〇七年八月

日本近代文学会関西支部支部長　太田　登

企画のことば

——鉄道は文学に何を運んだか——

日比嘉高
天野勝重

鉄道は、われわれの日常生活に深くとけ込み、通常、人はさして特別に意識することなくその利便性やそれがもたらす体験を受け取っている。しかし考えてみれば、たとえば新大阪から東京まで二時間半で行けてしまうこと、しかもそんな高速列車が数分おきに運行するようなシステムが常時稼働していること、あるいは、車両という密室に見ず知らずの他人がすし詰め状態で何十分も空間を共有すること、高速度で空間移動を行いながらもその身はシートにとどまって視線は雑誌やイベントの広告を追いかけたり、ふと見上げれば車窓には流れていく沿線の風景がうつったりすること——、これらはたしかに特異な事態であり経験であるはずだ。

鉄道という近代の生み出したテクノロジーは、空間の配置、時間の感覚、そしてそこに生きる人々の経験を劇的に変えた。蜘蛛の巣のように全国に伸び始め、やがて台湾、朝鮮、満洲——と、帝国の植民地をもまきこんでいくその路線網は、人々の生のあり方を根幹から再編成していく。しかも、その編み目は帝国の版図を総体として絡めとっていくのと同時に、おのおのの地方において独特の展開の偏差をも形成した。たとえば関西の鉄道網の発達は、東京圏のそれに先行し、かつ別種の論理で展開を遂げてきたことは、原武史氏の『「民都」大阪対「帝都」東京——思想としての関西私鉄』（講談社選書メチエ）が詳細に明らかにしたとおりである。

こうした多面的ないわゆる「鉄道文化」のひろがりのなかには、当然、文学による表象も含まれている。国木田独歩「武蔵野」の末尾で鳴り渡る汽笛の響きに始まり、夏目漱石「坊っちゃん」「三四郎」、田山花袋「少女病」、志賀直哉「網走まで」、芥川龍之介「蜜柑」、中野重治「雨の降る品川駅」、萩原朔太郎「夜汽車」、江戸川乱歩「押絵と旅する男」、なかには自ら「度し難い鉄道マニヤ」と称した山口誓子のように踏切や駅に魅せられて数多くの句作を残した俳人さえ存在する。

この鉄道と文学との関係を考察するつなぎめに、今回の企画は〈マトリクス〉というキーワードを用意した。〈マトリクス〉とは、母体、基盤、母型、鋳型、回路などという意味を含みもつ言葉である。つまりは鉄道を、我々の文化の母体、基盤、鋳型、回路として発想してみ、その基盤や回路に規定され、それを母体とし鋳型として立ち上がってくるものとして、文学の表象を考えてみるということである。

近代の空間経験を根底で形作る基盤・母型・回路としての鉄道が、関西という土地の近代をどのように創りあげたのか。それらは関西の文化にいかなる配置をもたらし、文学はそうした鉄道のもたらした近代といかなる関係を取り結んできたのか。それはたんに作品内の小道具として用いられることもあれば、谷崎潤一郎の諸作品のように登場人物たちの動きを規定する重要な要素となっていることもあるだろう。萩原朔太郎の作品のように鉄道の空間経験そのものを取り上げるものもあれば、鉄道文化がミステリー（探偵小説）という新しい文学ジャンルと密接に連動して生成する風景も見えてくる。さらに作品内の表現に限らずとも、より広げて鉄道会社のもたらした新しい文化―レジャー施設、駅という場、沿線開発など―との関連や、鉄道のもたらす移動という経験そのものまで視野を広げることもできるかもしれない。空間の変容と再配置、移動する身体の経験の変化、新たな知覚と新たなコミュニケーション―鉄道と文学の交差路にはそうしたさまざまな課題が見えて来るようだ。

このシンポジウムおよびブックレットにおける議論が、今後、新しい視点につながっていくことを願っている。

蒼井雄「船富家の惨劇」の時刻表トリック

浦谷一弘

一　はじめに

蒼井雄「船富家の惨劇」は、春秋社の書き下ろし長編募集の一席に入選し、昭和一一年三月に単行本として刊行された。『日本ミステリー事典』では「見事な自然描写とアリバイ崩しの名作」(1)とされており、渡辺剣次『ミステリイ・カクテル』でも「戦前の推理小説界に本格的なアリバイ小説が登場した」(2)とされている。また、山前譲『日本鉄道ミステリーの系譜』に「戦前のアリバイ物の長編としては」「ほとんど唯一の作品」(3)とあるように、昭和六〇年代あたりから、日本におけるアリバイトリックを用いた鉄道ミステリの嚆矢としての位置づけも見られるようになってくるのである。

しかし、これまで「船富家の惨劇」は、時々、古典として呼び出される程度にとどまっており、ほとんど具体的な検証や考察はなされていない。そこで本稿では、この「船富家の惨劇」の時刻表トリックを検証し、作品成立の背景と、作品の持つ、ある特徴的な構造について考察したいと考えている。

二　検証・時刻表トリック

ではまず、作品前半の「黒潮号」を用いた時刻表トリックについて、当時の時刻表を用いて、確認してゆきたい。作品では、南海鉄道や阪和電鉄の時刻表を用いているが、南海鉄道の時刻表が入手困難なので、ここでは『鉄道省編纂汽車時間表』を使用したい。また、作者が使用したのが、昭和一〇年一二月号以降の時刻表だと考えられるので[4]、昭和一〇年一二月号の時刻表を本稿では使用する。この「黒潮号」を用いたトリックには、三種類の列車が登場する。まず一つ目が容疑者・滝沢恒雄の陳述に登場する、南海鉄道難波駅を午後一時一〇分に発車する白浜行き直通急行列車であり、本稿では①の列車と称することにする。次に滝沢恒雄が実際に乗ったという難波駅発午後一時二〇分、和歌山市駅着午後二時三〇分の列車で、これを②の列車とする。そして三つ目が、田所強力犯係長の推理に登場する列車で、阪和電鉄天王寺駅発午後一時三〇分、東和歌山駅着午後二時一五分の白浜直通列車であり、これを③の列車とする。それらの三種類の列車について確認してみたい。

まずは、①の列車である。昭和一〇年一二月号『鉄道省編纂汽車時間表』の南海鉄道本線（表1、当該箇所を太枠で囲って示した。表2・表3も同じ）の表の左から四つ目、午後一時一〇分難波発の特急列車がその①の列車に相当する。また、その列車は、紀勢西線の時刻表（表2）、中央辺りの4号列車も同じ列車となっている。確かにこの列車の白浜口駅着が午後四時三八分となっており、まさに滝沢恒雄の陳述通りの①の列車が、現実に存在していたことがわかる。次に、②の列車である。また同じく南海鉄道本線の時刻表（表1）を見ると、①の列車の一つ右隣の急行列車がその②の列車にあたる。紀勢西線の時刻表（表2）では、和歌山市駅午後二時三一分発、白浜口駅着午後五時三七分で、三四号列車がその②の列車にあたるのである。最後に③の列車だが、同じ『鉄道省編纂汽車時間表』の阪和電気鉄道の時刻表（表3）、中央よりやや右寄りの超特急がそれにあたる。そして、この列車は紀

南海鐵道本線、水間鐵道線、淡路鐵道線、新阪堺電鐵線、信貴生駒電鐵線　　急ハ急行

十年三月二十九日改正　　難波・和歌山市間（電車）㊄

驛名｛難波、今宮戎、萩ノ茶屋、天下茶屋、岸ノ里、玉出、粉濱、住吉公園、住ノ江、七道、堺、龍神、湊、石津川、諏訪ノ森、濱寺公園、岸和田、蛸地藏、貝塚、鶴原、佐野、吉見ノ里、岡田浦、樽井、尾崎、鳥取ノ莊、箱作、淡輪、深日、孝子、紀ノ川、和歌山市

和歌山市行（直通電車）

粁程	運賃	驛名						急行	急行		特	急行	特			特	急行	急行		特	急行	急行		特
0.0	錢	難波	發	4 30	5 00	5 20	5 50	6 20	6 40	6 41	7 00	7 20	7 40	毎週日曜日ニ限リ白濱口行直通客車連結 白濱口著11 12	7 41	8 00	8 20	8 40	8 41	9 00	9 20	9 40	9 41	10 00
5.9	11	住吉公園	〃	4 43	5 10	5 33	6 00	6 29	6 49	6 53	レ	7 29	レ		7 53	レ	8 29	8 49	8 53	レ	9 29	9 49	9 53	レ
10.4	17	龍神	〃	4 50	5 17	5 40	6 07	6 36	6 56	7 00	7 11	7 36	7 51		8 00	8 11	8 36	8 56	9 00	9 11	9 36	9 56	10 00	10 11
15.0	23	濱寺公園	〃	4 57	5 23	5 47	6 13	6 41	7 01	7 07	7 16	7 41	7 56		8 07	8 16	8 41	9 01	9 07	9 16	9 41	10 01	10 07	10 16
20.7	33	大津	〃	5 05	5 31	5 55	6 21	6 47	7 07	7 15	レ	7 47	レ		8 15	レ	8 47	9 07	9 15	レ	9 47	10 07	10 15	レ
26.2	43	岸和田	〃	5 12	5 38	6 02	6 28	6 53	7 13	7 27	7 26	7 53	8 06		8 27	8 26	8 53	9 13	9 27	9 26	9 53	10 13	10 27	10 26
28.8	46	貝塚	〃	5 16	5 42	6 06	6 32	6 57	7 17	7 31	レ	7 57	レ		8 31	レ	8 57	9 17	9 31	レ	9 57	10 17	10 31	レ
34.3	55	佐野	〃	5 24	5 50	6 14	6 40	7 03	7 23	7 38	7 34	8 03	8 14		8 38	8 34	9 03	9 23	9 39	9 34	10 03	10 23	10 38	10 34
50.4	80	淡輪	〃	5 45	6 11	6 35	7 01	7 16	7 41	7 59	レ	8 21	レ		8 59	レ	9 16	9 41	9 59	レ	10 16	10 41	10 59	レ
64.4	96	和歌山市	著	6 05	6 31	6 55	7 21	7 30	7 55	8 19	8 00	8 35	8 40		9 19	9 00	9 30	9 55	10 19	10 00	10 30	10 55	11 19	11 00

驛名		急行	急行		特		急行	急行		特	黒潮		急行	急行		特		急行	
難波	發	0 20	0 40	0 48	1 10	毎週月、火、水、木、金曜日ニ限リ白濱口行直通客車連結 白濱口著4 37	1 20	1 40	1 41	2 00	2 25	白濱口著5 40	2 26	2 40	2 41	3 00	此間難波發和歌山市行 急3 20, 特5 00, 6 41, 急3 40, 急5 20, 特7 00, 3 41, 急5 40, 急7 20, 特4 00, 5 41, 急7 40, 急4 20, 特6 00, 7 41, 急4 40, 急6 20, 特8 00, 4 41, 急6 40, 急8 20	8 40	8 41
住吉公園	〃	0 29	0 49	1 00	レ		1 29	1 49	1 53	レ	（毎週土曜日ニ限リ運轉）		2 35	2 49	2 53	レ		8 49	8 53
龍神	〃	0 36	0 56	1 07	1 21		1 36	1 56	2 00	2 11			2 42	2 56	3 00	3 11		8 56	9 00
濱寺公園	〃	0 41	1 01	1 14	1 26		1 41	2 01	2 07	2 16			2 47	3 01	3 07	3 16		9 01	9 07
大津	〃	0 47	1 07	1 22	レ		1 47	2 07	2 15	レ			2 53	3 07	3 15	レ		9 07	9 15
岸和田	〃	0 53	1 13	1 29	1 36		1 53	2 13	2 27	2 26			2 59	3 13	3 27	3 26		9 13	9 27
貝塚	〃	0 57	1 17	1 33	レ		1 57	2 17	2 31	レ			3 03	3 17	3 31	レ		9 17	9 31
佐野	〃	0 03	1 23	1 45	1 44		2 03	2 23	2 38	2 34			3 09	3 23	3 36	3 34		9 23	9 38
淡輪	〃	1 16	1 41	2 06	レ		2 16	2 41	3 08	レ	レ		3 22	3 41	3 59	レ		9 41	9 59
和歌山市	著	1 30	1 55	2 26	2 10		2 30	2 55	3 27	3 00	3 20		3 36	3 55	4 19	4 00		9 55	10 19

表１　『鉄道省編纂汽車時間表』（昭和10年12月号）　南海鉄道本線

粁程	驛名	列車番號	20	22	24	26	302	2		28	304	30	32	306	4		34	308	36	38	310	6
0.0	和歌山市	發	…	5 08	6 14	7 15	7 41	8 42	南海難波發7 40 阪和天王寺發8 00（日曜日ニ限リ阪和天王寺及難波ヨリ客車ヲ直通ス）	9 16	10 11	10 50	0 22	1 32	2 13	南海難波發1 10 阪和天王寺發1 30（月、火、水、木、金曜日ニ限リ阪和天王寺及難波ヨリ客車直通ス）	2 31	3 31	3 42	4 47	5 31	6 03
1.5	〒和歌山	〃	…	5 11	6 19	7 24	7 50	8 47		9 26	10 22	10 59	0 31	1 36	2 17		2 34	3 36	3 51	4 58	5 34	6 10
3.3	東和歌山（和歌山線 九八頁）	〃	…	5 15	6 24	7 28	7 54	8 52		9 30	10 26	11 04	0 36	1 41	2 23		2 38	3 40	3 57	5 03	5 38	6 14
8.3	紀三井寺	〃	…	5 23	6 30	7 36	8 02	レ		9 38	10 34	11 12	0 44	1 49	レ		2 46	3 50	4 08	5 11	5 47	レ
13.7	日方町	〃	…	5 31	6 39	7 44	8 11	9 03		9 47	10 43	11 21	0 52	1 58	2 35		2 54	4 02	4 16	5 20	5 57	6 26
20.4	〒加茂郷	〃	…	5 41	6 48	7 54	8 22	レ		9 58	10 55	11 30	1 02	2 10	レ		3 04	4 12	4 26	5 30	6 08	レ
23.1	下津	〃	…	5 45	6 53	7 59	8 27	レ		10 02	11 00	11 35	1 07	2 14	レ		3 08		4 31	5 34		レ
28.6	箕島	〃	…	5 54	7 02	8 09	8 36	9 20		10 12	11 09	11 43	1 16	2 23	2 51		3 18	3 氣動車	4 40	5 43	3 氣動車	6 42
33.0	紀伊宮原	〃	…	6 01	7 09	8 16		レ		10 20		11 50	1 23		レ		3 27		4 49	5 50		レ
36.9	藤並	〃	…	6 07	7 15	8 22	3 氣動車	レ		10 29	3 氣動車	11 57	1 29	3 氣動車	レ		3 35		4 56	5 56		レ
40.3	紀伊湯淺	〃	…	6 12	7 21	8 28		9 34		10 34		0 02	1 37		3 06		3 41		5 02	6 02		6 56
49.7	紀伊由良	〃	…	6 26	7 34	8 41		レ		10 48		0 15	1 50		レ		3 54	…	5 17	6 19	…	レ
55.0	紀伊内原	〃	…	6 34	7 43	8 50		レ		10 57		0 24	1 59		レ		4 03	…	5 26	6 27	…	レ
57.9	〒御坊	〃	5 27	6 39	7 47	8 54	…	9 55		11 03	…	0 29	2 04	…	3 27		4 07	…	5 34	6 35	…	7 17
59.5	道成寺	〃	5 30	6 42	7 51	8 58	…	レ		11 07	…	0 32	2 07	…	レ		4 11	…	5 37	6 39	…	レ
63.7	和佐	〃	5 38	6 49	7 57	9 06	…	レ		11 15	…	0 39	2 14	…	レ		4 17	…	5 44	6 46	…	レ
70.6	稲原	〃	5 51	7 00	8 09	9 18	…	レ		11 26	…	0 50	2 25	…	レ		4 28	…	5 55	6 57	…	レ
74.9	印南	〃	6 01	7 07	8 17	9 26	…	レ		11 33	…	0 56	2 31	…	レ		4 34	…	6 01	7 03	…	レ
78.7	切目	〃	6 09	7 14	8 25	9 33	…	レ		11 40	…	1 03	2 39	…	レ		4 41	…	6 09	7 10	…	レ
84.6	岩代	〃	6 19	7 24	8 40	9 43	…	レ		11 49	…	1 12	2 48	…	レ		4 51	…	6 18	7 20	…	レ
89.7	南部	〃	6 32	7 31	8 47	9 50	…	10 34		11 57	…	1 19	2 56	…	4 06		4 59	…	6 26	7 27	…	7 56
94.7	芳養	〃	6 40	7 39	8 55	9 58	…	レ		0 05	…	1 27	3 04	…	レ		5 06	…	6 34	7 35	…	レ
98.8	紀伊田邊	〃	6 59	7 53	9 07	10 06	…	10 52		0 18	…	1 42	3 16	…	4 22		5 17	…	6 48	7 43	…	8 13
100.9	紀伊新庄	〃	7 03	7 58	9 11		…	10 57	…	0 22	…	1 47	3 20	…	レ		5 21	…	6 53		…	8 17
104.5	朝來	〃	7 11	8 08	9 18	…	…	11 05	…	0 29	…	1 57	3 27	…	レ		5 29	…	7 01	…	…	8 24
108.8	白濱口	〃	7 20	8 16	9 26	…	…	11 13	…	0 37	…	2 05	3 34	…	4 38		5 37	…	7 10	…	…	8 32
111.6	紀伊富田	〃		8 21	9 31	…	…	11 19	…		…	2 10		…	4 43		5 42	…	7 17	…	…	
116.9	紀伊椿	著	…	8 30	9 40	…	…	11 28	…	…	…	2 19	…	…	4 52	…	5 51	…	7 26	…	…	…

表２　同書　紀勢西線

細字ハ午前　**太字ハ午後**　レハ通過　＊ハ乗換　急ハ急行　特ハ特別急行　　阪和電氣鐵道線、

十年十一月一日改正　　阪和天王寺・阪和東和歌山及鳳・阪和濱寺間 ㊄（阪和電氣鐵道線）

驛名｛阪和天王寺、美章園、南田邊、臨南寺前、我孫子觀音前、杉本町、阪和堺、仁德御陵前、上野芝、鳳、阪和葛葉、信太山、和泉府／阪和貝塚、和泉橋本、熊取、日根野、長瀧、新家、阪和砂川、山中溪、紀伊、六十谷、阪和中之島、阪和東和歌山(省)

阪和東和歌山行

粁程	運賃	驛名								急行			特急		急行		急行		超特			超特			急行
0.0	錢	阪和天王寺	發	…	…	5 00	5 30	5 45	6 00	6 22	6 30	6 40	6 51	7 00	7 12	7 20	7 32	7 40	7 50	8 00	紀伊椿著11 28	此間阪和天王寺發 8 12和, 急8 20和, 8 30砂, 超8 40和, 8 52砂, 特9 00和, 9 11和, 急9 20和, 9 32和, 急9 40和, 10 00和, 超10 10和, 10 29和, 急10 40和, 10 55和, 11 31和, 特11 40和, 0 05和, 急0 30和, 0 31和, 0 55和, 1 26和	1 30	紀伊椿著4 52	2 05	2 20
2.9	5	南田邊	〃	…	…	5 04	5 34	5 49	6 04	6 26	レ	6 44	6 55	レ	7 16	レ	7 36	レ	7 54	毎週日曜日ニ限リ白濱口迄客車一部ヲ直通運轉ス			月、火、水、木、金曜日ニ限 客車ノ一部ヲ直通運轉ス		2 09	レ
6.8	10	杉本町	〃	…	…	5 09	5 39	5 54	6 09	6 31	レ	6 49	7 00	レ	7 21	レ	7 41	レ	7 59						2 14	レ
8.7	15	阪和堺	〃	…	…	5 11	5 41	5 56	6 11	6 33	レ	6 51	7 02	レ	7 23	レ	7 43	レ	8 01						2 16	レ
12.4	20	上野芝	〃	…	…	5 15	5 45	6 00	6 15	6 37	レ	6 55	7 06	レ	7 27	レ	7 47	レ	8 05						2 20	レ
15.1	25	鳳	〃	4 10	4 55	5 18	5 48	6 03	6 18	6 44	6 43	6 58	7 13	7 12	7 34	7 33	7 50	7 53	8 12						2 23	2 33
20.9	33	和泉府中	〃	4 17	5 02	5 25	5 55	6 10	6 25	6 51	6 48	7 05	7 20	レ	7 41	7 38	7 57	7 58	8 19						2 30	2 38
23.9	38	久米田	〃	4 21	5 06	5 29	5 59	6 14	6 29	6 55	レ	7 09	7 24	レ	7 45	レ	8 01	レ	8 23						2 34	レ
26.5	42	阪和岸和田	〃	4 24	5 09	5 32	6 02	6 17	6 32	6 58	6 53	7 12	7 27	レ	7 48	7 43	8 04	8 03	8 26						2 37	2 43
34.8	55	日根野	〃	4 34	5 19	5 42	6 12	6 27	6 42	7 08	レ	7 22	7 37	レ	7 58	レ	8 14	レ	8 36						2 47	レ
40.5	64	阪和砂川	〃	4 41	5 26	5 49	6 19	6 34	6 49	7 15	7 06	7 29	7 44	レ	8 05	7 55	8 21	8 16	8 43						2 56	2 56
60.1	94	阪和中之島	〃	5 05	5 50	6 13	6 43		7 13	7 39	レ		8 08	レ		8 13		レ	9 07						3 22	3 13
61.2	96	阪和東和歌山	著	5 07	5 52	6 15	6 45	…	7 15	7 41	7 25	…	8 10	7 48	…	8 15	…	8 35	9 09	8 45			2 15		3 24	3 15

表３　同書　阪和電気鉄道線

勢西線（表2）に入り、東和歌山駅で①の列車に併結されるのである。以上、確認したように、作品に登場する三種類の列車は、すべて当時の時刻表に掲載されており、実在する列車だったことがわかる。蒼井雄が当時の実際の時刻表を手元に置きながら、「船富家の惨劇」を書いていた様子が容易に想像できるといえるだろう。

次に、「船富家の惨劇」が書かれた背景についての考察に移りたい。まず、この作品が書かれるためには、当時の蒼井雄の住んでいた大阪では、南紀白浜という地域に注目が集まっており、先ほど検証した「黒潮号」が、まさにその象徴的存在であったことが挙げられよう。南海鉄道発行の『開通五拾年』では、「南紀の温泉郷白浜・湯崎は近年著るしく発展し加ふるに省線紀勢西線延長により入湯探勝の旅客日に月に激増する」(5)とあるように、当時、白浜は旅行客が急激に増えている時期であった。「紀勢西線延長」や「大阪から白浜湯崎温泉への日帰り入湯が出来ることゝなつた」という記述からもわかるように、その旅行客の大半は、大阪から白浜へ向かう人たちだったようである。そして、その際に象徴的な存在となったのが、「黒潮号」だったのだが、その「黒潮号」をめぐって、南海鉄道と阪和電鉄との間で、熾烈な競争が行なわれたわけである。昭和七年一一月八日に紀勢西線が紀伊田辺まで開通し、「このころから、次第に南紀直通列車運転の要望が高まり、南海鉄道と阪和電鉄は競って大阪鉄道局に運転の認可申請をなし、鉄道省に対しても強力な自社PR合戦を繰り広げた」とされている。「運転施設面では阪和の方が有利」、南海側は「難波駅の立地条件の良さと私鉄界の老舗としての実績があ」るなど、「甲乙つけがたい状況」だったようだが、南海側が強気に昭和八年五月試運転を実施し、阪和側も巻き返しとしての試運転を同年一〇月に行なうなど、まさに競争状態であった。結局、当局からの収拾案も南海側が不服として、昭和八年一一月四日、五日、阪和電鉄経由の南紀直通列車「黒潮号」が誕生したのだが、そうなると「南海鉄道も負けてはならじと、それまでの経緯を捨てて、」翌年の昭和九年「十一月十七日から黒潮列車の運転を開始し」たのである。「阪和線内は超特急に併結されノンストップ四十五分で走」ったので、南海側も「スピードアップを図り」、それまで六〇分で走っていたのを、「五十五分で走らせた」(6)。それでもそこに一〇分の時間の差が残り、和歌山市駅と東和歌山駅との間の一〇分の時間の差も足して、合計二〇分という時間の差が発生するので、「船富家の惨劇」の、二〇分遅れの列車でも和歌山で追いつけるというトリックが成立したわけである。その二社の競争状態については作品本文にも書き込まれている。「大阪近郊の人ならば、和歌山と大阪とを結ぶ電車に南海電鉄と阪和電鉄の二つが有つて、共にスピードアツプに依り、乗客の吸収を争つてゐることを知悉してゐられるであらう」や、「けれど阪和は速力及び全線殆ど無停車と云ふ条件に依つて、南海電鉄より約十分を短縮してゐた」、「だから両駅の間は時間的に見て、茲にも十分の差があつた」とある。大阪在住の蒼井雄は、まさにこの二社の競争状態を、関西人の知識として知っており、そこから「黒潮号」の列車トリックを思いついたのだといえるだろう。

三　「船富家の惨劇」と南紀白浜の観光開発

また、この「黒潮号」の走り出した昭和初期は、白浜という地域の観光開発が急激に加速した時期であった。大正八年五月の白良浜土地建物株式会社の設立を皮切りに、大正一一年七月の京都大学瀬戸臨海実験所の設立などがありながらも、おおむね地元主導による観光開発がなされていった。それが、昭和四年六月の昭和天皇の行幸あたりから、白浜が全国的に注目され始めた。昭和八年一二月の紀勢西線到達と白浜口駅の開業の前後から、白浜温泉土地倶楽部や東白浜温泉土地株式会社など、大阪資本の開発会社が登場しはじめ、白浜の開発に参入してゆくのである。神田孝治「南紀白浜温泉の形成過程と他所イメージの関係性—近代期における観光空間の生産についての省察—」によると、南紀白浜温泉は「昭和八年の鉄道到達前後からは都市資本が多数流入し、歓楽地化と大衆化が進行する「発達」期」(7)だとしながら、その都市資本というのは、「昭和五年創設の紀伊白浜温泉土地株式会社、昭和七年創設の東白浜土地株式会社や白浜温泉土地倶楽部といった、鉄道の白浜到達に合わせて参入した大阪資本の土地会社」であるとする。そして、そこには栗本鐵工所の栗本勇之助などの名前も挙がっている。さらにそれらの企業団体は、「南国景観化事業を積極的に推進することで、都市住民の欲望を投影した景観を創り出していったのであり、その景観化事業は「ブルジョワのユートピア創出を目標に掲げていた」(8)と神田は指摘している。このように、昭和初年代は関西圏の人々にとって南紀白浜という地域が鉄道の到達によってクローズアップされていった時期だといえる。そして、関西の資本が開発に介入してゆくことによって、南紀白浜の開発が本格化していったようである。蒼井雄の「船富家の惨劇」も、その文脈の中で書かれたといってよいであろう。

実際に作品の本文に戻って確認してみたい。第一章の第一節では、白浪荘に到着した南波喜市郎が桜井弁護士宛の私信で、

本日午後五時頃漸く白浪荘に到着、予定通り最近ずつと空いた儘になつてゐた別室を借りて旅装を解いた。天気は上々、秋も中秋を過ぎたとは謂へ、流石は暖流の影響を受ける南紀常春の国だ。山々は如何にも秋らしく錦繍の装ひを凝らしてゐるものゝ、それも一度び麓一帯を点綴する見事な程、実つた蜜柑畑を眺めると、どうしても秋と言ふ様な感じが湧いて来ないから妙なものだ。

とある。事件を追って、京都からやってきた南波喜市郎ではあるが、白浜の南国風景を消費している部分ともいえよう。また、南波の私信は、事件の舞台である白浪荘の部屋の様子や、御船山や三所神社を説明しながら、「第一にあの円月島が嬉しいぢやないか」や、「大体この沿岸には、かうした巨大な岩が多く、三段壁や千畳敷もその一つと聞いてはゐるが」、あるいは「その背後にある番所ケ崎もたゞ黒い蔭だけになつてゐたので」などの風景描写を行なってゆく。これらは一見、ただの風景描写のようだが、大阪在住の桜井弁護士への私信という性格を考えると、わざと当時の観光名所を取り込んだとも充分、考えられるのではないだろうか。その後も第二節では、旅館の男衆の口から「崎の湯」を説明させたり、第四節では容疑者・滝沢恒雄に白浜ホールで夕食をさせたりする記述も

ある。これらの観光名所を、実際に当時の観光案内で確認すると、昭和九年頃、阪和電気鉄道より発行されたと推定される『白浜湯崎温泉附近名所遊覧案内図』では、「白浜湯崎附近名所」として、白良浜、砂スキー場、貝寺、臨海研究所、浜木綿、円月島、番所山遊園地、常喜院、千畳敷、三段壁などを挙げている。昭和八年三月、紀南の温泉社発行の『白浜湯崎観光案内略図』でも、作中で言及される円月島、番所ノ鼻、崎の湯、千畳敷、御船山、銀砂ノ湯は、それぞれ取り上げられており、説明の分量もそれぞれ五行以上は割かれている。もちろん、本文中の記述では、それらの観光名所を、ほぼ事件には無関係な風景としてしか描いていないが、それでも、当時の全国の読者に白浜の観光地を案内する意図があった、と考えることも可能ではないだろうか。

さらに、作中で、南波喜市郎と須佐が白浜の町を歩く場面で、どうしても説明のつかない記述がある。第三章第三節で白浜ホテルを出た南波が「露天湯つてのが有るさうだね」と言うと、須佐が「銀砂湯も其の付近です」と返す。そして、二人で「宛ら米の粉の様に細い砂」の白良浜を歩きながら、「もう少し暑ければ泳いでみたら気持が良いだらうなど〻、取り留めのない事を語り合」う。その後、南波は郵便局に寄り、「急に一度三段壁が見度いと言ひ出し」て、明光バスに乗って、三段壁を見物し、「白浪荘に戻」るのである。このとき南波は、「バスガールが美辞麗句で付近の名所を喋つてゐる」その「言葉を聞き乍ら、他の客と同じ様に、バスの窓から眼前に移りゆく風景に見惚れ」ている。そして、「夕食のあと、須佐は頻りと今日の三段壁迄も見物に行つた目的を尋ね」るのだが、「南波は、僅かに、普通の見物だけだよと答へ」るだけなのである。つねに事件に関係のある場所ばかり歩いてきた南波の行動で、この三段壁見物だけが説明がつかない。あとで、事件の謎解きに有機的に結びついてくるわけでもなく、最後まで、なぜ三段壁を見物したのかは説明されないのだ。もちろん、千畳敷や三段壁の風景を描写しているわけではないので、この場面で読者の視線を意識しているということは難しいかもしれないが、少なくとも探偵の南波喜市郎も、事件の謎を追いながら、「南国の景観」を「欲望」した「都市住民」の一人であると指摘することは可能であろう。そして、それまでの描写に観光名所が入り込んできていたことも、作者が意識的に観光名所を取り込んでいたと考える方が妥当であるとはいえるだろう。

以上、みてきたように、「船富家の惨劇」は、昭和初期の南紀白浜の観光開発の文脈の中で書かれ、本格探偵小説でありながら、白浜の観光地を案内する側面があった。探偵小説の本文中に観光地を織り込む手法が珍しかった当時の状況を考えれば、かなり先駆的な手法であったことが確認されるわけである。そして、そこに至る経緯の中で、白浜という地域に鉄道が到達し、関西都市圏からの旅行が容易になったことが重要な意味を持っていることは言うまでもない。

四　「船富家の惨劇」と運輸交通事業

「船富家の惨劇」には、運輸交通事業から生まれた、当時、話題のものが、いくつか書き込まれている。次に、それらを確認してゆくことにする。まずは、滝沢恒雄が持参した「南海高島屋百貨店の商標が貼られ」た「最中二十個入り」の箱である。『高島屋150年史』によると、「この時代の百貨店経営にみられる大きな特色は、保険会社に続いて鉄道会社が、大都市のターミナルに百貨店ビルの経営をはじめたことである(9)」としながら、「昭和大恐慌の真っただ中の昭和5年12月18日、高島屋は南海・難波駅に待望の南海高島屋を開店した(10)」としている。もちろん、このときは「一部開店」だったようだが、それでも「この南海高島屋の開店によって、大阪には阪急百貨店とともに、ターミナル・デパートが一挙に二店も誕生したことになり、これはわが国百貨店史上に新時代を告げるものであった(11)」とされている。また、「昭和7年7月」には全館開店し、「大阪市内最大の百貨店(12)」となった。そして、「御堂筋側の屋上に「スカイサイン」を設置し、電光によるニュース報道や催し案内をはじめた」り、「屋上に直径5・5メートルの高マークの回転式ネオン塔を設置した」り、「白亜の南海ビルに「ムービー・カラー・ライト」

と称する赤、黄、緑3色の動く照明装置を施し、話題となった[13]ようである。この高島屋の南海進出は、高島屋にとっても重大な決断だったようで、西沢保は、「南海進出が大阪百貨店業界における覇権につながるという見通しのもとに」「三越を抜いて」「進出を決定[14]」したとしており、末田智樹は、「呉服系百貨店としては初のターミナルデパート化[15]」として位置づけている。そのような、当時話題の高島屋の商標が貼られた最中が殺害に利用された、ということの重要性をここでは確認しておきたい。

また、作品では、この高島屋以外にも鉄道会社の事業の産物である甲子園ホテルが事件の謎解きの場として採用されている。甲子園ホテルは、「1930（昭和5）年2月設立の株式会社甲子園ホテルによって経営され、同年4月に開業し」、「阪神電鉄が直営方式をとらず、別会社形式とし[16]」ていたようだが、「甲子園の開発」そのものが「野球場や阪神パークなどスポーツ・レジャー施設の開設、大規模な住宅地の開発など総合的デベロッパー事業[17]」として展開されたものであり、甲子園ホテルも、それらの事業の一環だったようだ。

このように「船富家の惨劇」には、当時の鉄道会社による多角的な事業によって生まれたものが書き込まれているわけだが、蒼井雄がそれを意識して書き込んだというわけではもちろんない。ただ、蒼井雄は、作中時間から五年以内程度の、新しくタイムリーな、当時、話題のものを積極的に取り込んでいった、と考えるのが妥当であろう。その結果、それらのものが鉄道会社の事業展開の産物に重なってゆく、ということは、当時の都市文化に関して、鉄道会社の影響力がそれぐらい大きかった、と考えた方がよいようだ。

さらに作品には、鉄道ではないのだが、当時、話題の運輸事業が書き込まれている。それは後半の東京―大阪間、名古屋―大阪間のアリバイトリックなどで用いられる飛行機である。次に、この飛行機についての考察に移ることにする。

五　鉄道から飛行機へ

真犯人・須佐英春は、昼食前に白浜へ飛行機でやってくる。本文では、次のように記述されている。

　宿に帰ると、意外な客が彼を待つてゐた。
「飛行機で来たんですが、速いもんですなあ。―それに機上から見下す南紀の風景の素晴らしさ。白浜海岸に着水しても、まだ夢の様な気持で、降りるのが惜しくつて…」
　此の客は、南波の顔を見るなり、直ぐ人懐つこい微笑を泛べて、こんな調子で語り出すのであつた。

白浜への航空機は、『白浜町誌』によると、「水上飛行機はこの遊覧客を空の散歩に誘うことと、汽車の約六分の一の時間で大阪～白浜間を結ぶ速さが魅力で始められた」としている。そして、「この航空会社は大阪の日本航空輸送研究所で、一四式水上旅客機二機を使用した。発着は大阪の木津川飛行場と白浜は東白浜の桟橋付近の海上だった。航路の開始は昭和十年（一九三五）一月一日で、一週三回往復し、その間は主として白浜上空の遊覧飛行に当たった」(18)ともしている。『鉄道省編纂汽車時間表』によると、大阪―白浜間の航空機は、火、木、土の運航となっており、大阪の木津川飛行場を午前一〇時に出発し、白浜に一一時に着く。須佐英春が昭和一〇年一〇月二九日火曜日の昼食前に白浪荘に到着することとも符合するのである。

次に、名探偵・赤垣滝夫が乗ったという大連―大阪間の航空路だが、本文によると、「大連を出発したのは、昨日の朝の六時二十五分」で、「大阪へ着いたのが、同じ昨日の午後四時半」となっている。これを同じく『鉄道省編纂汽車時間表』の時刻表で確認すると、上りの二便がそれに当たる。しかも、朝早く大連を出発し、その日の夕方に大阪に着く、という点でも符合するのである。さらにこちらを『航空輸送の歩み　昭和二十年迄』でも確認すると、さらに昭和十年四月一日よりリービス向上のためダイヤの改正を行なった。この改正のうち特に目だつのは、郵便物の東京、大連間の即日到達を計ったことで下り便は午前三時東京を発し、大阪より旅客機を利用して、午後五時十八分大連に到着し、上り便は、午前六時四十分、大連を発し、午後五時五十分大阪着、同地より郵便機で午後八時三十分東京着となった。なお旅客便については、大阪、大連間を、その日のうちに到着可能なように改正された(19)。

となっている。

また、須佐が中央線のアリバイトリックに用いた名古屋—大阪間の航空路は、本文では、「名古屋飛行場発の旅客機は、午前十一時かつきりに出発して、午後零時二十分には大阪木津川飛行場へ到着し得るのである」となっている。こちらも時刻表で確認してみると、下りの一便がそれに当たることがわかる。そして、こちらも同じく『航空輸送の歩み　昭和二十年迄』でも確認すると、「かねて工事中であった名古屋飛行場が竣工、開場したので昭和九年十月一日より東京、大阪間の定期便を同地に寄航させることとした。これにより中部、東海地方の中心要衝である名古屋も航空輸送の恩恵を受けることとなった(20)」となっている。つまり、当時においては、名古屋飛行場を使用することそのものが、新しい情報を利用することにもなっているわけである。

最後に、東京—大阪間の夜間飛行だが、これはもちろん、時刻表には載っていない。本文では、「その夜の飛行機は東京A—新聞社のもの」であり、「急な用件」で飛んだ臨時の飛行機となっている。こちらも『航空輸送の歩み　昭和二十年迄』で確認してみると、「昭和八年十一月一日より東京—大阪間、上、下、各一便の郵便および貨物専用機（中島P—1型機）は、漆黒の夜空に航空灯台より発する光芒を、辿って運航を開始した(21)」となっている。少なくとも、東京—大阪間の夜間飛行そのものが不可能ではなかったことがわかる。

ここで指摘しておきたいのは、作者が、当時ホットな話題であった大阪—白浜間の水上飛行機や大阪—大連間の即日飛行、名古屋飛行場寄航、東京―大阪間の夜間飛行などを積極的に作品に取り込んでいるということである。蒼井雄は「盲腸と探偵小説」(22)で、「船富家の惨劇」の執筆時機が昭和一〇年の一〇月二〇日から昭和一一年一月一〇日あたりと述べているが、飛行機に関しては、書き始めた年と同じ昭和一〇年の出来事、つまり、かなりホットな情報をも作中に取り込み、トリックに生かしているところが、この作品の特徴の一つといえるだろう。

そして、実はこの飛行機が、「船富家の惨劇」にとって、かなり重要な役割を負っているのではないか、と私は考えている。作者・蒼井雄は作中において容疑者、探偵、犯人を階層的に描いている。つまり、容疑者・滝沢恒雄、探偵役の田所強力犯係長や弓削警部などの警察関係者と南波喜市郎、犯人・須佐英春、探偵・赤垣滝夫と後になってゆくほど優秀で、知能的な人物となるように図式化できるのではないか、ということである。容疑者・滝沢恒雄は、「黒潮号」のアリバイトリックを用いたかもしれない人物あるいはそれさえも用いなかった人物であり、田所強力犯係長と南波喜市郎は、その偽装された「黒潮号」を用いたアリバイトリックは解くけれども、飛行機を用いたトリックは暴くことができない人物となっている。そして、犯人・須佐英春は、滝沢に偽のアリバイトリックで容疑がかかるように仕向け、警察を翻弄し、自らは飛行機を駆使したアリバイトリックを用いる人物となっており、最後に事件の謎を解く赤垣滝夫は、その飛行機を用いたアリバイトリックを看破する人物となっている。ここで滝沢恒雄や田所強力犯係長、弓削警部、南波喜市郎らと、須佐英春や赤垣滝夫の二人との間に大きな違いがあるとすれば、それは、前者は鉄道までは乗りこなすことができるけれども、飛行機のことは思いつくことができない人物であり、須佐英春と赤垣滝夫は飛行機をも乗りこなす人物であったということである。

作品本文で確認してみると、赤垣滝夫は、「交通機関としての汽車は、全然無視して」いるが、それに対して南波喜市郎は、「さうした結論の総てが現実の証跡の総てを超越してゐて、常識に富んだ司法警官達には迚も首肯されさうにもない荒唐無稽的な赤垣の飛躍的推断に準拠してゐることが不安でならなかつた」としている。そして、弓削警部も「赤垣の探偵法には全然同意は出来なかつたけれど、彼が今迄に示してきた幾多の事蹟がさうした飛躍的な結論提示に一種の考慮を払ふべきを教へたからであつた」とする。また、「此の質問を受けると、流石の赤垣も苦笑して、暫くは此のたゞひたむきに現実のあとばかり追つてゐて、些しも新しい事象や、飛躍的な世相の進歩の状態に視線を注がうともしてゐないらしい南波に、憐れむ様な視線を投げた」という記述もある。あまり象徴的に読みすぎてはいけないのかもしれないが、「たゞひたむきに現実のあとばかり追つてゐる」南波達警察官は、鉄道に象徴され、「飛躍的な世相の進歩の状態に視線を注いでゐる」赤垣滝夫や須佐英春が飛行機に象徴されているのではないか、という読みも可能なのではないかと考えているのである。少なくとも作者は、「飛躍的」という語彙で赤垣滝夫を説明し、作品では飛行機に対する視線を「飛躍的」な着想として、読者の想像を超えようとしたことは間違いないのである。

六　おわりに

「船富家の惨劇」は、中島河太郎『探偵小説辞典』で「クロフツの影響が大きく、現実的本格派の作家」[23]とされているなど、鉄道ミステリの戦前の代表作のように語られることも多かったわけだが、実は、すでに大衆に浸透した鉄道を、素材として駆使した上に、さらに飛行機という新興の交通機関の優位性と可能性を主張した探偵小説であったのではないだろうか。蒼井雄は、飛行機が鉄道よりも速いということに、アリバイトリックの道具として一回きりの可能性を感じており、当時の探偵小説の読者にとって、意識の外にある存在として、飛行機を利用したのだと考えられるのである。

そして、作者は、クロフツのように現実的であるよりも、「飛躍的な世相の進歩」を取り込み、「飛躍的な論理」で推理を展開するタイプの、クロフツとはまた違った新しい探偵小説をめざしていたのではないかと考えている。

「盲腸と探偵小説」において、作者自身が「素晴らしい外国の長編などを読む」と、「その素晴らしかった筋の構成や、トリックの巧妙さなどを繰り返し思い浮かべ、」「それにもまして素晴らしいものを書いてみたい[24]」と考えていたことを記している。「船富家の惨劇」では、クロフツの「樽」を中心とする海外の作品を越えたいという、実験的な試みを志向していたといえるだろう。それは「影響」という言葉では説明しきれないものを秘めているのではないだろうか。

注

(1) 権田萬治、新保博久監修『日本ミステリー事典』(新潮選書、平成一二年二月二〇日) 一〇頁〜一一頁、記述は権田萬治による。
(2) 渡辺剣次『ミステリイ・カクテル (推理小説トリックのすべて)』(講談社、昭和五〇年五月八日) 一二八頁〜一三〇頁。
(3) 山前譲「日本鉄道ミステリーの系譜」、鮎川哲也『ペトロフ事件』(青樹社、昭和六二年六月一〇日) 二三二頁。
(4) 作中時間と同じ昭和一〇年一〇月号の時刻表だと、「黒潮号」の部分は作中で用いられる時刻表と一致するのだが、後半の関西線や中央線、そして飛行機の部分が一致しない。すべての時刻が一致するのが、昭和一〇年一二月号の時刻表からなので、作者がそれを用いたのではないか、と推定する。
(5) 『開通五拾年』(南海鉄道、昭和一一年)。引用は、野田正穂・原田勝正・青木栄一・老川慶喜編『大正期鉄道史資料　第II期　第一〇巻　開通五拾年　南海鉄道発達史』(日本経済評論社、平成四年九月二〇日) 四三頁。
(6) 『南海電気鉄道百年史』(南海電気鉄道株式会社、昭和六〇年五月一〇日) 二四七頁〜二四八頁。
(7) 神田孝治「南紀白浜温泉の形成過程と他所イメージの関係性―近代期における観光空間の生産についての省察―」(『人文地理』五三巻五号、平成一三年一〇月二八日) 四三頁。
(8) 注 (7) に同じ。三八頁。

（9）高島屋150年史編纂委員会編『高島屋150年史』（株式会社高島屋発行、昭和五七年三月一日）一一〇頁。
（10）注（9）に同じ。一一一頁。
（11）注（10）に同じ。
（12）注（9）に同じ。一一四頁。
（13）注（9）に同じ。一一九頁。
（14）西沢保「百貨店経営における伝統と革新―高島屋の奇跡」、山本武利・西沢保編著『百貨店の文化史―日本の消費革命』（世界思想社、平成一一年一二月三日）七七頁〜七八頁。
（15）末田智樹「日本における百貨店の成立過程―三越と高島屋の経営動向を通じて―」、『岡山大学大学院文化科学研究科紀要』第一六号（平成一五年一一月）二八〇頁。
（16）日本経営史研究所編『阪神電気鉄道百年史』（阪神電気鉄道株式会社、平成一七年一二月二七日）一七〇頁。
（17）注（16）に同じ。一六一頁。
（18）白浜町誌編さん委員会編『白浜町誌』本編、下巻三（白浜町発行、昭和六三年三月）二二七頁。
（19）伊藤良平編『航空輸送の歩み　昭和二十年迄』（日本航空協会発行、昭和五〇年七月一七日）三三頁。
（20）注（19）に同じ。
（21）注（19）に同じ。三一頁。
（22）蒼井雄「盲腸と探偵小説」（『ぷろふいる』昭和一一年一一月号）一一三頁。
（23）中島河太郎『探偵小説辞典』（講談社文庫、平成一〇年九月一五日）一一頁。
（24）注（22）に同じ。

関西の鉄道と泉鏡花

田中励儀

一　はじめに

泉鏡花には、北陸線工事のアウトロー集団を描いた「風流線」（明36・10・24〜明37・10・5）や、踏切番の女性が登場する「X蟷螂鰒鉄道」（明29・12〜明30・4）をはじめ、鉄道を取り扱った作品が多い。ここでは、シンポジウムのテーマに沿って、主に滋賀・京都・兵庫の鉄道が出てくる作品をとりあげ、今日のＪＲに引き継がれるいわゆる「鉄道」と、かつて各地の都市で市民の足として活躍していた「路面電車」、それぞれを作家・泉鏡花がどのように描いたか、明治期から大正期へ順を追って具体的に紹介していきたい。

二　「蛇くひ」と碓氷馬車鉄道

鏡花が作家となるべく金沢から上京したのが明治二十三年。「自筆年譜」に「陸路越前を経て、敦賀より汽車にて上京」と記されているように、明治二十年代は東京を起点として地方に鉄道が延びはじめた時代だった。北陸線が金沢まで開通するのは明治三十一年四月。明治二十九年七月の福井延伸以前は敦賀が終点だった。鏡花は、毎年、上京と帰郷を繰り返し、その行路は敦賀・米原回りが多かったが、時には伏木・直江津・長野回りを採ることもあった。

「応」と呼ばれる乞食《こつじき》集団の凶行が描かれた初期作品「蛇くひ」（明31・2）の末尾には、「都人士もし此事を疑はば、請ふ直ちに来《きた》れ。上野の汽車最後の停車場《ステエシヨン》に達すれば、碓氷峠の馬車に揺られ、再び汽車にて直江津に達し、海路一文字に伏木に至れば、腕車十銭富山に赴き」と、東京の読者に向けてわざわざ作品の舞台までの経路を示している。このうち、「碓氷峠の馬車」は、横川《よこかわ》―軽井沢間にラックレールを用いたアプト鉄道が開通するまで、一時的に運行していた馬車鉄道を指している。中村勝実『碓氷アプト鉄道』（昭63・9・20、櫟）によれば、「所要時間は二時間半」というゆっくりした速度で、明治二十三年に峠越えをした幸田露伴は「危険《あぶない》から廃《よ》しませう」（「乗興記」）と乗らずに歩き、森鷗外は乗ったものの「軌幅極めて狭き車の震《ふ》ること甚しく（略）息籠《いきこ》もりて汗の臭《か》車に満ち、頭痛み堪へがたし」（「みちの記」）と、臭気に満ちた車内にうんざりした様子を書き残している。馬車鉄道の営業期間は明治二十一年から二十六年（八木富男『碓氷線物語』平1・3・27、あさを社）。「蛇くひ」の発表は明治三十一年だが、原稿執筆は二十六年以前だということがこの鉄道史から判明する。「蛇くひ」では、蛇を咀嚼し幼童と感応する妖気あふれる乞食集団の〈実在〉を保証し、東京の読者を惹きつけるために、建設途上の信越線が使われている。近代技術の象徴のような鉄道を幻想文学につなげる、鏡花特有の方法が早くも窺われる。

三　「高野聖」「外国軍事通信員」と北陸線

本題の〈関西〉に入りたい。代表作「高野聖」（明33・2）で、高野聖と学生らしき若者、およそ境遇の異なるふたりが出会うのは汽車の中である。鉄道は、見知らぬ他人同士が長く顔を合わせる事で、思わぬコミュニケーションが生まれる装置としての役割を果たしている。そして、当然ながら急速な移動ももたらされる。本作では、新橋発の汽車に掛川あたりから乗り込んだ僧侶が、学生が名古屋で買った駅弁をきっかけに話をし始め、「岐阜では未だ蒼空が見えたけれども、後は名にし負《お》ふ北国空《ほくこくぞら》、米原・長浜は薄曇《うすぐもり》、（略）寒さが身に染みると思つたが、柳ケ瀬では雨、汽車の窓が暗くなるに従うて、白いものがちら〳〵交つてきた」（二）と車窓の風景が描かれる。この柳ケ瀬回りの路線は、明治十七年に開通、昭和三十二年に支線化し同三十九年まで使われていた北陸線旧線である。「当時の日本における最長の一三五二メートルの全長を持つ」（敦賀市立博物館編『敦賀長浜鉄道物語』平18・7・21、同館）柳ケ瀬トンネルが有名だった。現在では列車は琵琶湖寄りを走るので、気候の変化を如実に体験することが少なくなったが、「高野聖」はこの柳ケ瀬トンネルを抜けると雪が降り始めた、〈北陸〉の地に入った感慨を記したものと読めよう。

敦賀に着いたふたりは「悚毛《おぞけ》の立つほど煩《わづら》はしい（略）宿引《やどひき》の悪弊」（二）を目にする。当時の敦賀は、たとえば『敦賀の沿革　敦賀名所記』（明35・2・15、光融館）が伝えるように、「海外貿易の気運に向へる」熱気のある町だった。明治四十五年には新橋—金ケ崎（敦賀）間に直通列車が走り、ウラジオストクへの航路を経てシベリヤ鉄道に連絡する「欧亜連絡路」の要衝となる。

ところで、「高野聖」で記されている「新橋を昨夜九時半に」（一）発った列車は当時の時刻表には見当たらない。『汽車汽船旅行案内』（明32・4・1、旅行案内社）に記された便では新橋午後十時発神戸行がそれに近いが、米原着が翌日午後一時二十分なので、敦賀には夕方より早く着いてしまう。鏡花は、僧侶と学生ふたりを敦賀に泊まらせて、翌朝、永平寺と若狭の東西に別れさせる設定を施したのだろう。「翌朝袂を分つて、雪中山越《やまごえ》にかゝるのを、名残《なごり》惜しく見送ると、（略）聖《ひじり》の姿、恰《あたか》も雲に駕して行くやうに見えたのである」（二十六）という末尾の一文は印象的である。僧侶が徒歩で山越えをしたところを見ると、あるいは敦賀が北陸線の終点だった明治二十九年七月以前が作中時間とされているのかもしれない。

「高野聖」の五年後、米原や関ケ原を舞台とした「外国軍事通信員」（明37・7）が発表された。既に吉田昌志氏

「泉鏡花『瓔珞品』の素材（二）」（「学苑」685、平9・3）が考証しているように、明治三十七年四月末から五月初めにかけて、鏡花は弟斜汀を伴って金沢へ帰郷した。日露開戦二ケ月めに当たる。「外国軍事通信員」は、ふたたび上京する東海道線での見聞を基に書かれた作品と推測できる。米原で七時間もの臨時停車の後、ようやく動き出した汽車は関ケ原駅で下り汽車とすれ違う。「数千の兵員彼処《かしこ》にあり」。日露戦争に向かう軍人の一団が乗っていたのである。この一団はやはり敦賀港に向かい、戦地ロシアに送られるのだろう。鉄道が軍事政策とともに発達した事実が、期せずして窺われる。もっとも、鏡花はこの米原駅臨時停車の体験を、「瓔珞品」（明38・6）では、琵琶湖岸の山上の名所〈天人石〉をめぐる幻想的な話の発端に使っていく。

四「歌行燈」と桑名駅

「高野聖」と並び、代表作とされることが多い「歌行燈」（明43・1）もまた、桑名駅という鉄道施設から始まる。「中空は冴切つて、星が水垢離取りさうな月明《つきあかり》に、踏切の桟橋《さんばし》を渡る影高く、灯《ともしび》ちら〳〵と日の下に、（略）桑名の停車場《ステエシヨン》へ下《お》りた旅客がある」（一）の「桟橋《さんばし》」は、たとえば『桑名昔話』（昭48・1・15、桑名宗社々務所）巻頭に掲載された古写真で確認できる〈跨線橋〉のことである。屋根はなく三線のレールを跨ぐ大きな構造であり、下から見上げた視線で「桟橋を渡る影高く」と人物を浮き出させる表現が、実景に基づいていたことがわかる。「霜月十日あまりの初夜」（一）、能楽界を代表するふたりの老人が跨線橋を渡る姿は、能舞台の橋掛りからの登場を思わせる。印象的な幕開けといえるだろう。やがて〈弥次喜多気取り〉の会話が交わされるが、近代の〈弥次喜多〉は「膝栗毛」の徒歩ではなく、汽車を降り、駅前で客待ちをしていた人力車に乗り込んで宿に向かう。ここでも鉄道施設が効果的に使われているといえよう。桑名駅の開業は明治二十七年。尾張と結ぶ〈七里の渡し〉の港だったために、町の人たちは船に乗る人がなくなると「駅をつくることに反対」（西羽晃『桑名の歴史』昭37・4・6、私家版）したという。敦賀駅の明治十五年よりもかなり遅く、鏡花が訪ねた明治四十二年は開業十五年目で、跨線橋も比較的新しいものだった。

五　「楊柳歌」と京都の路面電車

東京と日本各地を結ぶ鉄道に対し、都市には路面電車が走っていた。ここでは、京都電鉄（略称京電。後の京都市電）の話をしたい。明治四十三年一月二十八日から十一日間、鏡花は南座出演中の新派俳優喜多村緑郎に招かれて京都に遊んだ。その時の体験を基に生まれたのが「楊柳歌」（明43・4、6）である。「南座で電報を受け取った喜多村は、京都駅まで番頭と弟子の二人を、鏡花迎え役に出した。（略）当時電車は河原町を通っていず、高瀬川に添う狭い通りを走っていた。泉先生は案外の慌てん坊で眼が近いから、川へでも落ちたら大変、夜行で到着とて丁寧に手を引いて案内するようにと、彼は出迎えの二人に注意した」（大江良太郎「喜多村緑郎聞書」『新派 百年への前進』昭53・10・1、大手町出版社）。

この聞き書きは、「楊柳歌」冒頭と対応している。「松原小橋の停留場で、当日の同行二人が電車を下りたのは黄昏《たそがれ》であつた。（略）あの、通りの西側を颯《さつ》と流るゝ、京の水の、浅葱を煽《あふ》つ岸を覗き、『着いた晩です……（略）翻然《ひらり》と威勢よく飛下りると……もう一足《ひとあし》で既《すんで》の事に踏込まうとしたんだよ。暗さは暗し、勝手は知らず、いや、おのぼり、のつけに吃驚《びつくり》さ』」（一）。つまり、鏡花は喜多村が心配したとおり、路面電車から下りた途端、実際に高瀬川に落っこちそうになったという訳である。「楊柳歌」は東京からやって来た清之助が子持ちの芸者お桐に京の町を案内される話だが、そこには鏡花の体験が反映されていたとみてよいだろう。

路面電車が全廃された現在では分かりにくいが、今の市バス路線はおおむね廃止時の市電路線を踏襲している。したがって、市電は河原町を走るものというのが、私たち昭和世代の感覚だろう。ところが、創業時の京電路線は河原町ではなく木屋町を走っていた。中村浩史『京都市電の廃線跡を探る』（平15・10・16、岐阜新聞社）収載の「開通・廃止路線年表」を閲してもわかるように、明治二十八年に京電木屋町線が開通、明治四十五年には市電となり、昭和二年に河原町線の全面開通によって廃止されるまで、狭い木屋町を路面電車が走っていた。

明治四十四年発行の『最新実測京都新地図』〔図Ⅰ〕でも高瀬川沿いの木屋町に路線が記入されている。初期の京電路線に川沿いが多かったのは、「両側に人家があると、道路幅は四間《けん》（七・二メートル）なければならないが、片側なら三間《けん》（五・五メートル）で足りた」（『思い出のアルバム 京都市電物語』昭53・9・30、京都新聞社）という事情を反映していた。郷土史家田中緑紅氏は、「電車が開通しますと、木屋町筋一帯は変つてしまい、名物高瀬川の柳が伐採せられ、ノンビリした電車が走りましても〝ホーイホーイ〟の高瀬舟は相変らず曳舟を曳いていました」（『高瀬川 下』昭34・11・20、京を語る会）と明治期の様子を回想している。『保存版 京都の市電』（昭53・2・10、立風書房）収載の「高瀬川沿い木屋町四条下ル付近」の古写真を見ると、確かに電車は町家と川とに挟まれた狭い道を走っており、鏡花が驚いたのも無理はない。

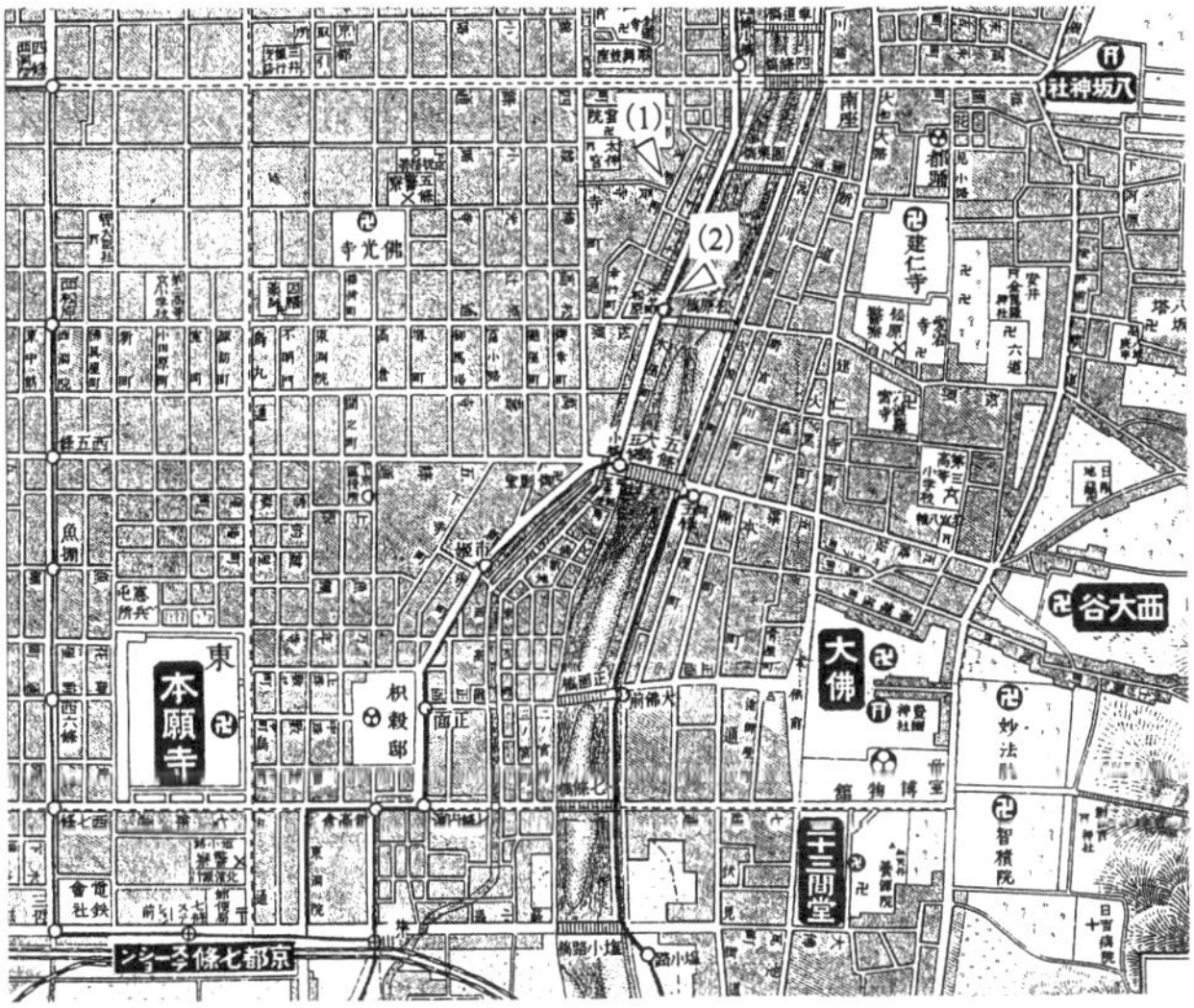

〔図Ⅰ〕『最新実測 京都新地図』（明44・2・20、小林寿）

　ちなみに、『最新実測京都新地図』の〈矢印2〉が鏡花が下車した「松原小橋」。「七條ステーション前」から北上して七駅目に当たる。この明治四十四年の段階では、〈矢印1〉の河原町通は松原通で行き止まりになっていた。拡幅されメインストリートとなるのは、まだ先の話である。ともあれ、〈水〉を永遠のテーマとする鏡花の〈京都の第一印象〉が、川に落ちかけた事だというのはおもしろい。

さて、「楊柳歌」では「清之助は、お桐の導きで、今日は北野から壬生へ廻つて、大廻りに電車で前刻《さつき》の処《ところ》まで来た」（三）と、「松原小橋」停留所までの行程が述べられている。北野天満宮から壬生寺に回り、やがて松原小橋に着く移動について、四条通や松原通をまっすぐ東に進むのではなく、一旦、京都七條駅前を通る「大廻り」となるのは、当時の京電路線を反映している。鏡花の入洛に近い明治四十二年発行の路線図『京都電鉄案内』（明42・5・20、小林藤次郎）には、北野―堀川中立売―堀川四條―四條西洞院―七條駅前の「西廻り」、七條駅前―松原―四條―二條木屋町の「東廻り」を主要路線とし、他に「鴨東線」「出町線」「城南線」「伏見線」が記されている。つまり、路面電車で壬生寺から松原小橋へ行くには「西廻り」「東廻り」を乗り継ぐ「大廻り」しか行き方が無かったのである。このことは既に弦巻克二氏「『楊柳歌』私注」（「ことばとことのは」7、平2・11）が指摘している。

もう少し細かく作品を読めば、「間《あいだ》は電車だと言ふものの、北野から壬生までがなか〳〵ある。……あれから町通りを二條まで。……何処《どこ》だつけかね、真中《まんなか》を用水のやうなのが流れて居て、軒並《のきなみ》揃つた賑《にぎや》かな通り」（十）が堀川通らしいことがわかる。ふたりは、北野から電車道の堀川通を歩き、そこから電車に乗って壬生に行き、その後、ふたたび電車で〈大廻り〉に松原橋まで行ったという行程になる。

この日、ふたりが大混雑の中、北野天神と壬生寺を廻ったのは「節分」のゆえだった。鏡花が訪ねた一月二十八日からの十一日間という時期とも重なる。節分の「厄除詣」「四方詣」に「誰れでもお詣りしますのは吉田神社、八坂神社、稲荷大社、壬生寺、北野天満宮」（田中緑紅『如月の京都』昭34・2・1、京を語る会）とされる有名社寺のうち、北野天神と壬生寺を訪ねたお桐と清之助は、京都の年中行事を楽しもうとしたのだろう。鏡花自身の体験を踏まえていると考えてよい。

壬生寺で厚化粧をした異装の女を見て驚いた清之助が「あれは？」と尋ね、お桐が「おばけどす」（四）と答える場面や、産寧坂で出会った円髷《まるまげ》と小姓《こしよう》扮装《いでたち》の十六歳と十三歳の舞妓に、お桐が「あれ、三千歳《みちとせ》はん、岸勇《きしゆう》はん、よう、おばけやしたえなあ」（十五）と声を掛ける場面は、前の弦巻氏が指摘するように、節分の日の風習「おばけ」を描いている。

田中緑紅氏が「節分の日四方詣に行くと、十二三才の少女が丸髷に結い、赤いてがらをかけ、または老婆が高田に結い、赤い襟の娘姿になつているものを見受けました。（略）この節分にはお化けとて、こうした姿が平気に出来るのでこの日を選ぶのでありましよう」（前出『如月の京都』）と書き残したように、昭和三十年代までは京の町で趣向を凝らして行われていた〈仮装〉だったようである。真矢都氏『京のオバケ―四季の暮しとまじないの文化』（平16・12・20、文芸春秋）によると、起源不明ながら「年越しの夜の呪術のひとつとして、江戸時代の末から高度成長期の前頃までの時期に、京阪神で盛んに行われていた」風習で、特に花柳界で盛んだったとのことである。最近、復活が模索され始めているらしい。節分の時期に上洛した鏡花が、四方詣に案内された社寺で目にした珍しい光景を作品に使ったと考えられる。

この後、話は入水願望を抱くお桐に夜の清水寺に導かれた清之助が、先に入水した姉芸者の姿となってやさしくお桐を抱きしめる―実は清之助は女形役者であった―といった展開を示す。「楊柳歌」では路面電車の車内の様子が描かれる訳ではないが、節分の混雑の中、北野天神・壬生寺・清水寺と、芸者の足で京都の東西三ケ所の社寺を廻れたのは、路面電車の機動性によるものだろう。電車は作品の舞台を広げる役割を果たした。鏡花が訪ねた時期に近い観光案内『京土産　京都名勝案内』（明41・4・11、小林藤次郎）には、鉄道の「七條停車場」自体が図版入りで立項され、「京都の南部にある大停車場にして日々乗降りの旅人《たびびと》万を以て算ふ」と〈名勝〉の扱いを受けている。

六　「酸漿」と東京の路面電車

　路面電車に対する鏡花の関心の強さは、居住地東京や故郷金沢の路面電車を描いた作品の存在からも窺われる。「酸漿」（明44・1・3〜6）は、狭い車内で不潔な老婆の噛むゴム酸漿の醜悪な幻想に悩まされる若い芸者が描かれ、それが結核と結びつく壮絶な作品だが、そこには路面電車の車内という閉鎖空間が活きている。「胸の悪い不気味な女房《かみさん》がね、病院下で、電車で、私の隣へ坐《すわ》つたのさ」（二）。「咽喉《のど》を絞るやうな咳《せき》をして、其の時大きな口を開《あ》けるの、吐き出すんだわ、鬼灯《ほゝづき》を。（略）カツと其の女房《かみさん》が口を開《あ》ける毎《たん》び、ぱちや〳〵と重い唾《つばき》が私の顔に掛《かゝ》るんだわ」（三）。鉄道の車内で僧侶と学生という〈良き出会い〉があった「高野聖」とは逆に、「酸漿」ではより狭い空間で逃げ場のない〈悪しき出会い〉が描かれている。

　この車中の場面を、たとえば大正三年発行の『実地踏測　東京市街全図』（大3・1・10、精華堂書店）に書き込まれた路線図に照合すると、麻布区の境界線に沿って走る路線であることがわかる。芸者小銀は「余《あんま》り堪《たま》らないから、病院下から、四つ目あたりの橋の処《ところ》で電車を下りたの」（三）と言うが、実際にふたりが隣席に座っていたのは、「赤十字病院下」から「広尾橋」「天現寺」「光林寺前」「四之橋」「古川橋」を経た、六つめの停留所「三之橋」に至るの間のことだった。十分から十五分程度の堪えがたい時間に、車窓から眺められた「彼処《あすこ》は景色の佳《い》い処《ところ》ね。紺青《こんじやう》のやうな川が流れて、透通《すきとほ》つて、……」（三）と記される川は古川であり、小銀はその美しい景色が老婆の唾で汚されることに我慢ならなかった。ここでも鏡花は実景に基づいた描写を行なっている。

七　「傘」と金沢の路面電車

「傘」（大13・1）には、金沢の市街電車が取り入れられている。――妻を伴って故郷金沢の従妹を訪ねた「私」は、その家の惣領雄《ゆう》ちゃんと三男十坊《とんぼう》に見送られて、町の辻で路面電車を待つ。折からの雨。三男が交番から借りてきた、保護中の狂女のものだという傘を開いた惣領は、そこに記された「玉」という文字から、持ち主が秘密に結婚を約束していた芸者であることに気づく。今、約束を反故にし良家の娘との結婚を控えていたが、芸者が狂気に陥ったことを知って罪の意識に苛まれた惣領は、「私」に向けて「東京へ連れてつて下さい。（略）玉川へ身を投げます」と悲痛な声をあげる。——

停留所は「武蔵ケ辻」。戦前発行の『金沢市街電車案内図』（刊記なし、明治印刷）でも、『金沢駅前」「香林坊」「橋場町」各方面へ向かう三つの路線が交差する要衝と確認できる。「もの狂はしい状《さま》であつた。……赤燈《せきとう》の電車が、黒雲《くろくも》に乗るやうに来た。——私は雄《ゆう》ちやんを連れて乗つた」。「赤電車と言ふがこゝらの景色にはそぐはない、燈《とう》の桃色の電車にたよつて、薄い電光の、次第に幽《かすか》に成る影を、傘の藤を袖にして、旅宿に帰る。……」と、雨の夜更けの路面電車が効果的に使われている。乗車前の電車は「黒雲」に乗る「赤燈」と表わされて惣領の不安を煽り、乗車後の車内では「私」の介抱によって少しづつ落ち着きを取り戻すかの様子が「桃色」や「薄い電光」で象徴されている。

八　「鎧」と山陰線

最後に鉄道に戻り、大正期の山陰線の話をしたい。鏡花は大正十三年五月、プラトン社からもらった白切符で一等車に乗り込んで大阪へ。阪急で岡本の谷崎潤一郎を訪ねたりした後、玉造温泉に向かった。途中、城崎温泉で一泊、翌日には「鎧駅」「餘部鉄橋《あまるべ》」を通過した。ほぼ同時期である大正十四年発行の『全国鉄道地図』（大14・3・1、大阪毎日新聞社）で照合すると、大阪駅から乗車した列車は福知山線を三田・篠山・福知山と進み、山陰線に入って和田山を経て城崎へ。鏡花はここで下車し、翌日、「鎧駅」に行ったことになる。

「鎧駅」に取材した短編「鎧」（大14・2）は、「山陰道の中《うち》、しかも第一の嶮所と称《とな》へらるゝ、鎧駅を出た千仭の崖道」が舞台とされる。教授の信任と特待生を鼻に掛ける医学生が、鎧駅で下車した大きな荷物を背負った老人を平家の落人の末裔に見立てて、親切を押し売りし、自己陶酔したあげく、老人に「うるせい」と一喝され、菜畑の中に落とされる痛快な話である。鏡花は「この鎧駅に汽車の留つた時、旅客は石の火の見櫓の最上層に立つ思ひがしよう」と、その険峻な様子を描いている。「鎧駅」は明治四十五年三月開業。駅名の由来は「香住海岸には、国の天然記念物に指定されている『鎧の袖』という海蝕崖があり、これに因ったとされている」（『駅―JR全線全駅 下』昭63・9・10、文芸春秋）。現況でも確かに日本海を眼下に望む高い位置に駅がある。今は駅前から大回りして集落に達する自動車道路が通じているが、鏡花が通った大正時代は歩道しかなかったはずで、その光景が強い印象を与えたのだろう。もっとも、鏡花がわざわざこの小さな駅で途中下車し、海岸まで降りたとは思えない。単線の山陰線の中で、「鎧駅」が列車がすれ違う〈交換駅〉だったために、行き違い列車待ちの停車時間が長く、険峻な風景をじっくり眺める事が出来たのではなかろうか（ただし、開業当初から交換駅だったかは未調査）。

ついでに言えば、「鎧駅」は宮本輝「海岸列車」（昭63・1・3〜昭64・2・19）の舞台でもある。幼い日、母に捨てられた兄妹は、青春期に入り折にふれて海岸列車に乗って、母が暮らすという海沿いの小駅に降り立つ。「但馬の寒村の無人駅」から「前方が海で、左右もうしろも山で囲まれたこの村」へ下る急斜面の道は、「鋭角に右に折れ左に折れして、入江と村の入口へとつづく」（第一章）と描かれる。さまざまな行立《ゆくたて》を経て鎧の集落で母と再会した兄妹は、「険のある顔つきになってしまった」（第十章）母に違和感を抱き、早々に駅へ戻る。実の子と別れて他の男と一緒になり、貧乏の連続の中で、自分が生んだのではない子供を育ててきた母の来歴が、山陰の荒涼とした風景に重なって、作品のクライマックスを形づくる。「鎧駅」は、作家の創作意欲を刺激する場だった。

鏡花の「鎧」では、「鎧駅」だけではなく、次駅との間に架けられた「餘部鉄橋」の様子も、やや大袈裟に描写されている。

一《ひと》たび窓によつて差《さし》のぞくや、忽《たちま》ち目くるめき、舌かわき、膝わなゝく。わが乗る車の下に、深い谷間なる、その餘部《あまるべ》の甍《いらか》の状《さま》を、蟠《わだかま》る大蛇の五彩の鱗の如く見て、橋は七色の虹を渡る。（略）人は飛行機によらずして居ながら青天《あをぞら》を飛ぶのである。

この「大陸橋」は、「明治四十二年十二月に着工、明治四十五年三月一日に開通した。長さ三〇九・四二メートル、高さ四一・四五メートル、総工費三十三万余円。十一基の橋脚、二十三連の鉄桁を持つトレッスル橋」（「余部鉄橋オレンジカード台紙」平18、JR福知山支社）である。

鏡花はとても強い印象を受けたのか、自筆原稿〔図II〕でもこの部分に推敲の跡が目立つ。修正前の文章は次のように読める。

一《ひと》たび窓に倚《よ》つて差覗くや、忽ち舌乾き、膝わなゝく。わが乗る車の下に、千仞の谿間なる、其餘部の村を、蟠《わだかま》る大蛇《だいじゃ》の五彩《ごさい》の鱗《うろこ》の如く見て、橋は七色の虹を渡る。（略）人は飛行機によらずして居ながら雲を飛ぶのである。

推敲段階での「目くるめき」の表現の挿入、「村」から「甍《いらか》の状《さま》」へ、「雲」から「青天《あをぞら》」への改稿など、餘部鉄橋からの眺望の素晴らしさを伝えるべく、鏡花は文章の細部に意を用いた。

「鎧駅」で医学生は「お爺さんは、次の駅の久谷《くたに》から乗つたんだね」と話しかける。現在の餘部鉄橋の最寄駅「餘部駅」はまだ無く、餘部鉄橋を挟んだ隣駅は「久谷駅」だった。「餘部駅」が開設されるのははるか後、昭和三十四年であり、それまで土地の人々は「鎧駅」へ向けて鉄橋とトンネルの中を歩いていたという。それを裏打ちするように、昭和戦前期の絵葉書には、やってくる汽車に背中を向けて、「餘部鉄橋」の手すりに縋る三人の姿が写っている。怖くなかったのかと疑問を抱かせる、気になる一枚である。

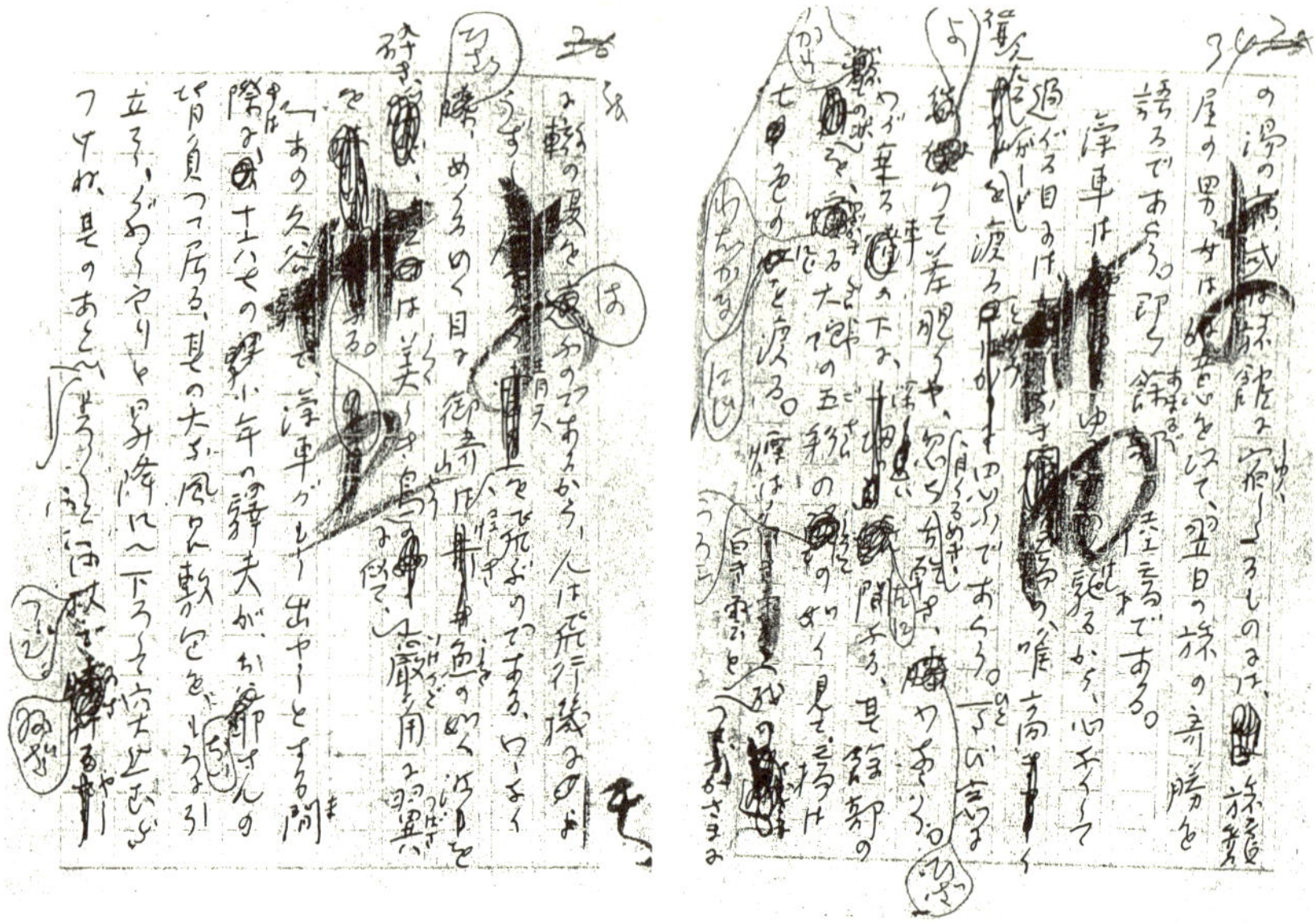

〔図II〕泉鏡花「鎧」自筆原稿
（漢字表記からひらかな表記への変更は、初出誌「写真報知」の
編集方針に基づくものである）

険峻な断崖上に位置する「鎧駅」や、東洋一の高さを誇る「餘部鉄橋」の景観に心惹かれた鏡花は、同時に土地の伝承にも耳を傾けた。餘部の御《み》崎《さき》地区には「壇ノ浦の戦いで敗れた門脇宰相平中納言教盛《のりもり》を大将とし、（略）遠く壱岐、対馬方面に逃れようとしたところ、日本海を漂流し香住の近くに流れ着き、磯づたいに御崎まで落ち延び、土着した」（香住町ＨＰ）との平家伝承が伝えられている。鏡花の「鎧」でも、「壇の浦の戦ひに亡《ほろ》びて、対馬に逃げようとした平家の船の暴風のために漂はされて、その御崎《みさき》に落ちたのは、門脇教盛、小宰相の局《つぼね》たち」と、地名も正しく記されている。

　そして医学生が思い起こす形をとって、『平家物語』巻第九「越中の前司が最後」の一節が引かれる。「越中の前司《ぜんじ》、来《きた》る敵を、なほ目も放たず、まぼりければ」以下、猪俣小平六との一騎打ちの場面だが、本文の共通性からその出典を国民文庫刊行会刊『平家物語 附承久記』（明44・5・11）

と特定できる。「一方流に属する流布本には（略）諸版ありて、洽く世に行はれたれども、城方流本にいたりては、未だ刊行せられたるものなし」（「緒言」）とされる、当時珍しかった本文を鏡花が採ったのは、「大の男の重《おもき》鎧着たりけるが、蝶の羽を、ひろげたるがごとくにて、おきん〳〵と、しける処《とこ》を」という、敵に突き倒された越中前司盛俊がもがく様子を、「鎧蝶」に結びつけたかったからであったろう。「蝶の羽を、ひろげたるがごとくにて」の表現は一方流諸本には見出せない。「鎧蝶」は医学生が伯耆大山で採集してきた蝶である。その実在は確認できないが、〈家紋〉にはその名称があり（千鹿野茂『日本家紋総鑑』平5・3・25、角川書店）、鏡花もそこから発想したものと考えられる。

鏡花が餘部御崎地区ゆかりの平教盛ではなく、越中前司盛俊の戦いを引いたのは、「蝶」へのこだわりに基づいていた。医学生をもんどり打たせた後、下の断崖《がけ》から聞こえてきたという作品末尾の会話は、異界に生きる平家一族の上﨟や武将たちの存在を浮き立たせている。

うら若い女の声で、

「ぢいやは……強いこと。」

「へ、へ、へ、人間は蝶より、こなし易《よ》うがんすでの。」

鉄道の鉄橋や崖上の駅という人工の「奇勝」に接した鏡花は、山陰地方に伝わる平家の落人伝説と重ねて痛快な作品を著した。近代の建築技術でさえ、中世以来の民間伝承と結びつき、異界の消息がもたらされるところに、鏡花文学の味わいがある。

九　おわりに

これまで八作品を取り上げ、鏡花文学に描かれた鉄道や路面電車の実際を検討してきた。「蛇くひ」の碓氷馬車鉄道（のちアプト鉄道）、「高野聖」の柳ケ瀬トンネル、「鎧」の餘部鉄橋と、鏡花は近代鉄道史に残る建築物や構造物に関心を示し、作品に反映させた。その使われ方はさまざまだが、鏡花文学を支える大きな柱となったことは間違いない。鉄道の側から言えば、長野新幹線開通に伴う信越線碓氷峠越えの廃線、北陸線付け替えによる柳ケ瀬トンネルの車道化、そして今、餘部鉄橋もコンクリート橋への架け替え工事が始められた。鏡花には、失われつつある鉄道記念物を、小説の形で記録と記憶に留めた作家としての意義も見出せよう。

鏡花が利用した「歌行燈」の桑名駅跨線橋や「楊柳歌」の京都路面電車も今はない。文献によって当時の状況を再現することで見えてくるものもあるだろう。私の調査は、とりとめのない趣味的な内容に終ったかもしれない。ただ、〈日本の鉄道発祥の時代〉から、各地に路線網を広げていく〈鉄道発達の時代〉に寄り添う形で創作活動を展開していった世代の作家が、どのように鉄道を取り入れ描いていったのか、あるいは作品の発想の根源にしたのかなど、その一例を示せたとしたら、所期の目的は達したものと考えている。幻想文学と近代科学技術とは決して相容れないものではなかった。

〔付記〕今回の発表に際し、「鎧」自筆原稿の紹介をお許しいただいた生田敦夫氏に厚くお礼申し上げる。鏡花作品の引用は、第三版『鏡花全集』（昭61・9・3〜平1・1・10、岩波書店）を底本とした。

「関西」と「鉄道」のディスポジション
——横光利一の場合——

田口律男

一　「鉄道」の両義性

この文章の目的は、「鉄道」というシステムが、「関西」のモダニティのみならず、そこに生きる人々の思考枠や身体感受性にどうかかわってきたかを、横光利一のテクストに即して明らかにすることである。

周知のようにW・シヴェルブシュは、「鉄道」（蒸気機関車）が一九世紀初頭のヨーロッパ社会にもたらした地殻変動を「時間と空間の抹殺」[1]と表現した。これはパラフレーズすれば、その土地や生産物から「アウラ」を奪いさることでもあった。（ここでいう「アウラ」とは、むろんベンヤミン経由の概念で、「時間・空間上の一回性、対象の生粋性」〔圏点ママ〕といった意味合いで使われている。）

このことは後発の近代日本においても、ほぼ同じことがいえる。李孝徳が指摘するように[2]、「鉄道」を中心とする近代的交通網の発達は、あるトポスの「固有性」を抹消し、それをネーションの均一性のなかに回収する力学をもっていた。これは鉄道当局も自任するところで、『本邦鉄道の社会及経済に及ぼせる影響』（鉄道院、一九一六）のなかには、「鉄道普及の結果として殊に顕著なる効果を齎したるものを国民統治上の一事なりとす」との一節がみえる。

くりかえせば、「鉄道」というシステムは、「時間と空間の抹殺」をもたらし、地域ごとの歴史的、経済的、文化的な「固有性」(アウラ)を奪い、ネーションの均質化を劇的に加速させた。ここまでは前提である。つぎに柳田國男の議論を参照してみよう。多くの紀行文を残した柳田は、「鉄道」にかんしても一家言をもっていて、いろんなところで「鉄道」に言及している。(3) ここでは『豆の葉と太陽』(創元社、一九四一。引用は『柳田國男全集』2、筑摩書房、一九八九)に注目してみたい。

「自序」のなかで柳田は、「旅」のかたちを大きく三つに分けている。(一)「上代の旅」は実際の寝食や移動の方法において、たいへんな困難をともない、「気を重くするようなもどかしさ」や「つらいわびしい心細い」といった身心の苦役を避けられないものだった。(二)つぎの「黄金時代の旅」は、柳田たちが短期間だけ享受できたもので、「鉄路のお蔭」で実際の苦役が減り、「移り動いて行く風景」を楽しむような「逍遙」に近いものとなった。(三)最後の「最近の旅行」は、こんにちの観光旅行/ツーリズムにつながるもので、それ自体が「大きな事業」になったために、「心のゆとりがなく、静かに道の行く手のものを、味わって行くということが望めなくなった」。—以上が、柳田の説く「日本の旅行道」の「三段の変遷」である。

柳田が「鉄路」を利用した初期の旅を「黄金時代」とよぶのは、それによって実際的な苦役が減り、短時日で各地を巡行できるようになったからである。こうした身体感覚の変容や、一定のスピードで移動しつつ風景を観察する視覚体験がなければ、それぞれのトポスに蓄積された「土地の気分」や「人間味」は発見されなかったかもしれない。とすれば、「鉄道」による移動こそが、それぞれのトポスを比較可能にし、ほかならぬ「固有性」(アウラ)を発見/認識させたともいえるだろう。柳田の民俗学的思考法には、「鉄道」および「鉄道」を利用した旅が、大きく関係していることに留意すべきである。

しかし、これは逆説的な現象でもある。なぜなら先にみたように、「鉄道」がもたらしたのは、あるトポスから

「固有性」（アウラ）を剝奪することだったからである。じじつ柳田は、自分たちの旅がすでに過去のものとなり、それぞれのトポスが均質化されていくことを憂いてもいる。

とすれば「鉄道」には、両義的な側面があったことになる。それは、「時間と空間の抹殺」によって、あるトポスの「固有性」（アウラ）を発見させもするし、消滅させもするということである。柳田自身に語らせれば、「…村を次から次へと見比べて行く面白味、または見らるる村の自ら装わんとする身嗜なみ、また時代によって心ならずも動かされて行く有様、こんなものを静かに眺めていることは、「汽車の窓」にして始めて可能である」（「風景の成長（談話）」）。しかし一方で、「汽車の隧道《トンネル》がとんでもない処を突き破って行くたびに、一つずつの好い峠が失われるように思われた」（「海に沿いて行く」）。――このように「鉄道」は、私たちをダブルバインド的に拘束し、思考枠や身体感受性の変更を迫ってくる。むろんそれは「鉄道」に限った話ではない。テクノロジーの発達は、つねに両義的である。しかし、「鉄道」が近代日本の国家的プロジェクトであったことを考えれば、その影響力は計り知れないものがあったといえるだろう。以下では、横光利一をケーススタディとして、「鉄道」がもたらしたものの両義性を、さらに細かく割って吟味してみたい。

二　「鉄道」と都市のアウラ

横光利一の父・梅次郎は豊前（いまの大分県宇佐市）の出身で、夏目漱石や正岡子規、幸田露伴とおなじ一八六七（慶応三）年の生まれである。いわば近代日本の基礎をつくった明治第一世代だが、その生涯は不明な点が多い。しかし、梅次郎が新逢坂山トンネルや琵琶湖疏水の土木工事にたずさわったことは確かで、三重県伊賀市出身の利一の母親との出会いも、関西本線加太トンネルの工事が関係していることが分かっている。[4]

父の仕事は、鉄道事業という国家プロジェクトの末端をになうもので、その仕事に従い、各地を転々とした利一には、いわゆる故郷なるものがない。しかし、幼少期の多くをすごした柘植、伊賀上野、大津、山科などは、彼の原風景となり、いわば横光文学の臍の緒となった。初期テクストには、琵琶湖や疏水の流れるのどかな風景がくりかえし描かれている。つまり、横光利一の年譜やテクストには、「関西」と「鉄道」の両方の潜在的性質《ディスポジション》を認めることができるのである。

とはいえ、横光にとっての「関西」は懐かしいだけの場所ではなかった。ここで、一七歳の横光が修学旅行によって遭遇した大阪の表象について考えてみたい[5]。まず修学旅行のあらましをみておこう。三重県立第三中学（現在の上野高校）の五年生一行は、一九一五（大正四）年五月一九日から三泊四日で、「大阪神戸商工業見学ヲ兼ネ四国方面へ向ケ修学旅行ノ途ニ就ク」（三重県立第三中学校校友会会誌『会報』第一一号、一九一六・三）[6]。実際のルートマップはつぎの通り。（作成には福田和幸氏の協力をえた。）

19日　鉄路で伊賀上野→奈良→大阪　造幣局　島田硝子製造所を見学→安治川（群山丸乗船）→神戸港→（船中泊）

20日　多度津港→多度津駅→善通寺駅　善通寺参拝　善通寺駅→琴平駅　琴平神社参拝　琴平駅→高松駅→電車で屋島山麓へ　屋島寺　談古嶺→電車で高松駅へ　栗林公園見学　高松泊

21日　塩田見学　高松港→玉藻丸乗船→宇野港→鉄路で岡山へ　岡山駅　後楽園見学　岡山駅→明石駅　錦明館に泊

22日　明石駅→神戸駅　湊川神社参拝　川崎造船所見学　海岸通り外人居留地見学　生田神社　三ノ宮駅→梅田駅→天王寺→伊賀帰着

このように実際の行程をたどってみると、この旅行がかなりのハードスケジュールであったことが分かる。背景として、二つのことが考えられよう。ひとつは修学旅行のシステムにかかわる問題。もうひとつは交通システムにかかわる問題である。

修学旅行のシステムについては、詳述する紙幅がないので、石坂洋次郎の『若い人』（改造社、一九三七）を参照するにとどめたい。周知のように『若い人』には、「自由博愛主義」を標榜する北海道のミッション・スクールの日々が描かれているが、なかに修学旅行の目的を女学生に確認させる場面がある。まとめれば、（一）名所、古蹟、都会などの実地見学、（二）土地の人情、風俗の観察、（三）団体行動の訓練、（四）身心の修養、（五）愛校心の涵養、となるが、ここには明治以降の修学旅行が重視してきた理念／イデオロギーのほとんどが出揃っている。つまり当時の修学旅行は、こんにち以上に実際的で功利的な目的がビルトインされていたのである。横光らの修学旅行も、こうした文脈を共有していたことは疑えない。そして、こうした修学旅行のシステムを下支えしていたのが「鉄道」だったことも忘れてはならないだろう。先に紹介した『本邦鉄道の社会及経済に及ぼせる影響』には、そのことが明記されている。(7)

もうひとつの背景は、交通システムにかかわる問題である。これも詳述する紙幅はないが、横光らの修学旅行が、鉄道、電車、汽船などをフルに活用して、行動範囲をひろげていたことに留意したい。たとえば、奈良から大阪をめざした際に利用した大阪電気軌道（通称「大軌」）について考証してみよう。

大阪電気軌道は、一九一〇（明治四三）年に創業した、現在の近畿日本鉄道（近鉄）の直系の前身である。数ある関西私鉄との競争のなかで、「近代的高速電鉄」(8)をめざした大軌は、大阪上本町―奈良間三〇・八キロメートルを五五分でむすぶルートを新設する。こうしたスピードアップを可能にしたのが、社運を賭けた生駒トンネルの開削であった。生駒トンネルは全長三三八八メートル（当時日本第二位）の長さを誇り、横光らが利用する一年前の一九一四年四月三〇日に開通した。これによって、大阪―奈良間が直結し、いっきに時間・空間が短縮されたのである。横光は、このあたりのことを、「生駒――どうなつてしまふのかと思ふ程長くつゞいた隧道」、「大阪――知らぬ間にもう」と的確に表現している。横光らの修学旅行が、こうした当時の最新の交通システムとテクノロジ

「東洋のマンチェスター」といわれた大阪の紡績工場（『大大阪画報』より）

ーを利用したものであったことを確認しておきたい。

さて、こうやってダイレクトに遭遇した大阪の印象を、一七歳の横光はつぎのように表象していた。

> 間断もなく白日を呪ふ地獄の様に渦巻を漲らした煤烟の中に立体、そして又立体。工場の機械の激しい叫喚、鋼鉄を叩き延ばす様な強烈な、乱雑な反響、大きく起伏する力に満ちた都会の空気は、うん〳〵と、呻きながら、はねかへりながら、のたうちながら、その最初の大旋廻をなしてゐる。機械油で汚れた文明の使途の群は、其の油のゆらいでゐる淀川の水の傍で走り廻つてゐる。

ここには、第一次世界大戦の特需によって沸きたつ近代工業都市・大阪のダイナミズムが刻印されている。同時代の水上瀧太郎や生方敏郎も、大阪に特徴的な「煤煙」に言及しているが[9]、それらに比べると、横光の言語運用はどこか荒々しく屈曲している。これは若書きとか未熟さに起因するのではなく、表現の設定値《デフォルト》そのものが違っているようにみえる。下位分節すれば、(一)規範的な統辞法《シンタックス》からの逸脱、(二)ブッキッシュな漢語やレトリックの多用、（三）抽象化や構図化への志向、などが確認できるが、これらはのちに「街の底」や『上海』などで方法化される新感覚派固有の言語運用のプロトタイプとみなすことができる。

このように若き横光は、大阪という都市のダイナミズムにダイレクトに感応し、その「固有性」（アウラ）を、独自の言語運用によって分節しはじめていた。こうした表象をインスパイアした「鉄道」の役割は再評価されてしかるべきだろう。横光が『文芸時代』の創刊号（一九二四・一〇）に、「頭ならびに腹」を発表するのは、これから約一〇年後のことである。周知のようにその冒頭は、「真昼である。特別急行列車は満員のまま全速力で駆けてゐた。沿線の小駅は石のやうに黙殺された。」―となっていた。この異化された言語表現がきっかけになって、新感覚派文学をめぐる論争がまきおこったことは、すでに文学史の常識になっている。しかし私たちがもっと驚いていいのは、ここでもまた「特別急行列車」による「時間と空間の抹殺」が主題化されていたことである。

三　「鉄道」とカルチュラル・ターン

ここからは、「東京と大阪との戦争」を描いたとされる一九三五年の新聞連載小説『家族会議』に注目してみたい。『家族会議』のアウトラインは、横光の弟子筋にあたる八木義徳の整理が簡にして要をえている。[10]同時代コンテクストに目をむければ、時を同じくして、島崎藤村が長編小説『夜明け前』（一九二九―一九三五）を完成させるが、このテクストには、「鉄道」による「時間と空間の抹殺」が断行されるまえの、この国の地勢図が克明に描きだされている。こんにちの読者は、青山半蔵の身心に刻み込まれた時間の長さや距離の遠さ、あるいはそれゆえに内攻していく「新しい古」に賭けるロマンの狂熱に対して、めまいのようなものを覚えずにはいられないだろう。それからすると横光の『家族会議』の地勢図は、あっけないほど簡単に「時間と空間」が「抹殺」されている。中心人物となる重住高之は、都合五回ほど、東京―大阪間を往復するが、その間の風景風物は、ほぼ完全に「黙殺」

されている。これは、谷崎潤一郎の『細雪』(一九四三―一九四九)が、東海道本線や阪急沿線のグラデュアルな風景をテクストに織り込んでいくのとも対照的である。

他の登場人物にも目をむけてみよう。ヒロインのひとりである仁礼文七の娘・泰子は、物語の結尾ちかく、駆落ちするように東京の高之の家をめざすが、テクストには、「東京行の燕に乗つたのは午後の二時ごろ」とあり、「東京へ着いたのは、もう夜の十時近かつた」とあるだけで、そのプロセスはまったく空所になっている。当時の時刻表で確認すれば[11]、神戸発東京行の「特別急行つばめ」の大阪発は午後一時〇分、東京着は午後九時〇分となっている。これは、宮脇俊三が『増補版時刻表昭和史』(角川書店、一九九七)で克明に調査したように、一九三四(昭和九)年一二月の丹那トンネル開通によるダイヤ改正で、東京―大阪間が二三分短縮され、所要時間が八時間ちょうどになったことに対応している。しかしそれだけではない。東京にたどりついた泰子を待ち受けていたのは、父・文七殺害の報せで、泰子は高之に伴われ、夜行列車で大阪にとんぼ返りすることになる。これも時刻表で確認すれば、午後一一時〇分東京発の寝台急行に乗り込めば、翌朝一〇時三四分には大阪に帰着できる計算になっている。つまり泰子は、二四時間以内に大阪―東京間を一往復するわけで、まるで時刻表トリックさながらの点移動を可能にしたのも「鉄道」による「時間と空間の抹殺」だった。

しかし、『家族会議』には「鉄道」以外の交通手段も書き込まれている。たとえば高之は、大阪で資金集めをして東京にとんぼ返りする際に、飛行機を利用している。現実に照らせば、高之が利用したのは日本航空輸送会社の、午後一時〇分大阪発、午後三時五〇分東京着のプロペラ機だったと推定される。所要時間は三時間足らず、運賃は三〇円だった。さらに泰子の親友・忍は、「真白なボクソール[12]」で阪神道路を疾走し、芦屋の別宅から六甲をドライブし、フランスの建築雑誌をまねて作らせたという「真白な四角い洋館」に高之たちを誘う。(翌年、島津保次郎監督によって映画化された際には、なぜかクライスラーの「エアーフロー」に変わっていたが、ハンドルをにぎる忍役を演じた高杉早苗は、この役で一世を風靡することになる。）彼女のライフスタイルは、まちがいなく阪急文化圏に属しているが、このテクストにはなぜか阪急電車への言及が一度もない。ここには、「鉄道」から「オートモービル」、さらには「航空機」へと点移動を加速させていく時代の趨勢が先取りされているのかもしれない。

蛇足ながら、映画化された『家族会議』には印象的なシーンがある。それは先にふれた泰子の駆落ちの場面だが、東京をめざす特急列車のスピードを表すために、巧みな映像処理をほどこしている。カメラはまずロングショットで、雄大な富士山をバックに、黒煙を吐きながら上京する特急列車をとらえ、さらに角度を変えたいくつかのカットをディゾルブしながら、驀進する特急列車のスピードを表現しようとしている。さらに面白いのは、この合間に画面右手から、文七殺害にむかう春子を乗せた下りの特急列車をモンタージュすることである。映画と原作はかなり違うが、東京―大阪間の「時間と空間の抹殺」を目にみえるかたちで示した巧みな映像表現といえそうだ。

従来、『家族会議』に組み込まれた大阪と東京との「二項対立」は、その『単純』さゆえに、否定的に評価されることが多かったが、ここではすこし違った観点を導入してみたいと思う。というのも横光自身が語っているように、このテクストには、シネマが活用した「モンタージュによる新しきリアリズム」が導入されている可能性が高いからである。[13][14]

そもそも大阪と東京との「二項対立」は、京都・大阪・江戸をくらべる三都比較論と類縁性をもっている。それらは、すでに江戸時代中頃から行われ、大阪はほぼ一貫して「天下の台所」（経済都市）として表象されてきた。この系譜は明治維新でいったん下火になるものの、大阪が「東洋のマンチェスター」として活気をとりもどす日清戦争あたりから、「大大阪」とよばれる一九一〇年代にかけて再燃し、「我が国第一の経済都市」といった威勢のいい言説がふたたび喧伝されるようになっていた。その意味では、『家族会議』における大阪像もおなじ系譜にあり、株式相場の大立者・仁礼文七を「物質の権化」と表象するあたりもふくめて、とくべつのオリジナリティはないといえる。[15][16]

では、『家族会議』のなにが新しいかといえば、「戦争」というメタファーを導入したことではないだろうか。なぜなら「戦争」は、両者が同一の尺度によって暴力的に接合されることを意味するからである。その共通の尺度とは、通常ならば軍事力（やがて「総力戦」）になるが、ここでは金銭／資本の力（経済力）となるだろう。つまりこのテクストにおいては、大阪も東京も、金銭／資本の論理に還元され、同一線上で競いあうように配置されているのである。そのための仕掛けが「モンタージュによる新しきリアリズム」であり、それを可能にしたのが「時間と空間の抹殺」だったのではないだろうか。

とはいえ「戦争」である以上、具体的なモノ・ヒト・カネ・情報が交通し、場合によっては血が流れることもある。実際このテクストには、文七の懐刀である京極錬太郎（大阪）と重住高之（東京）とが格闘するシーンがあり、最後には、破産に追い込まれた東京方の女性が文七を殺害するカタストローフが用意されている。だが、そうした修羅場が、このテクストでは、まるでゲームかスラップスティックのように展開することにも留意したい。「機械」（『改造』、一九三〇）のドタバタ喜劇ほどではないが、実際に「暴力」が発生し、人がひとり死ぬというシリアスな展開でありながら、この小説には奇妙な空虚感が漂っている。登場人物たちが「…ストーリーに合わせて行動するだけの傀儡」[17]にみえてしまうのも同根の理由と考えられる。それはやはり、このテクストから歴史や出来事の「固有性」（アウラ）が剝ぎとられているからではないだろうか。たしかに『家族会議』には「東京と大阪との戦争」が描かれているが、それはある均質なタブローのなかにマッピングされた記号的な対立と考えるほうが説得的である。そして、現在にいたる私たちのポストモダニズム社会は、この延長上にあるといっていいだろう。

くりかえし言及してきたように、「鉄道」というシステムは、「時間と空間の抹殺」をもたらした。そしてそれは両義的な経験だった。「第五学年修学旅行記」には、大阪という都市とのダイレクトな遭遇と、独自の言語運用による都市のアウラの表象を確認することができた。一方、『家族会議』には、それぞれのトポスから「固有性」（アウラ）が剝ぎとられ、金銭／資本の論理によって暴力的に接合される記号論的な「東京と大阪との戦争」を確認することができた。これらは、ひとり「鉄道」だけがもたらしたカルチュラル・ターンではないが、「鉄道」というシステムが、「関西」のモダニティのみならず、そこに生きる人々の思考枠や身体感受性に深くかかわった証左のひとつといえるだろう。

注

（1）W・シヴェルブシュ『鉄道旅行の歴史』（加藤二郎訳、法政大学出版局、一九七七：一九八二）のなかには、つぎのような一節がみえる。「時間と空間の抹殺（annihilation of time and space）とは、それまで独裁的に力を振るってきた自然空間に鉄道が侵入するさまを表現する、十九世紀初期の共通表現〔トポス〕である。」あるいは、「鉄道により繋ぎ合わされた地方、または首都と接続した地方、そして近代的輸送により地方的な結びつきから切り離された商品、この両者は、その祖先伝来の場所、その昔ながらの特色を、ヴォルター・ベンヤミンの概念を使えば、そのアウラを失う点で共通している。」

（2）李孝徳『表象空間の近代』（新曜社、一九九六）には、つぎのような一節がみえる。「…近代的交通網の成立は地域の文化的な固有性を均質化することにも寄与したはずである。（中略）…伝統的な交通技術では移動上「抵抗」でしかなかった、またそうであるが故に固有性が感覚されたはずの空間が、近代的交通技術によって容易に走破され、統一的な時間基準に基づいて超地域的に連結されることで、各地域は交通上の中継地点（過程）として把握されるようになった…。そうした把握が成立すれば、たとえ地域的な特色があるにしても、それは固有性ではなく時空間的な偏差のなかの「差異」として捉えられることになる。「地方色」とはあくまでも比較・対照の産物にほかならないのである。」

（3）柳田國男と「鉄道」の関係については、宇田正『鉄道日本文化史考』（思文閣出版、二〇〇七）が詳しい。

（4）このあたりの経緯は、井上謙『評伝横光利一』（桜楓社、一九七五）がもっとも詳しい。

（5）以下の修学旅行についての記述は、横光利一文学会第六回大会で発表した内容と重複する。
（6）ちなみに『会報』に載った「第五学年修学旅行記」は分担執筆となっており、横光利一が執筆担当したのは五月一九日分である。なお閲覧にかんしては、三重県立上野高等学校「横光利一資料展示室」の協力をえた。
（7）『本邦鉄道の社会及経済に及ぼせる影響』（鉄道院、一九一六）には、つぎのような一節がみえる。「「修学旅行」尚中等教育界に於ては近時鉄道を利用して、見学旅行等を試むるもの多し、然るに鉄道開通前に在りては其旅行に二日又は三日間を要したる地方にも、今は低廉なる団体乗車賃金を以て、容易に来往し得ること〻成り、尚各地に在る教員が或る一堂の下に集まり、講習会等を開くことも亦容易と成りたる為め、生徒の教育上稗補する処少なからず、是又鉄道影響の一として掲ぐるに値すべきものとする。」
（8）『大阪電気軌道株式会社三十年史』（大阪電気軌道株式会社、一九四〇）による。
（9）水上瀧太郎『大阪の宿』（友善堂、一九二六。引用は、『水上瀧太郎全集』四巻、岩波書店、一九八三による）には、つぎのような一節がみえる。「夥しい煤煙の為めに、年中どんよりした感じのする大阪の空も、初夏の頃は藍の色を濃くして、浮雲も白く光り始めた。／泥臭い水ではあるが、その空の色をありありと映す川は、水嵩も増して、躍るやうなさざ波を立て〻流れて居る。」
　また、生方敏郎『三都見物』（日本書院、一九二二）にも、つぎのような一節がみえる。「汽車で梅田へ着いて空を見上げれば、煤煙は朦々と何処までも天を蔽ふてゐる。八時頃でもまだ暗い。京阪電車で天満橋へ近づけば、汚ない堀を汚ない舟に汚ない物を積んで汚ない人間が棹さして行くのを見る。北から南、東から西、何処へ行つても青葉の森も林も見えない。」
（10）「…「家族会議」は金銭の世界を描いた小説である。しかも爛熟した資本主義の最高度の象徴ともいふべき「株式」と「取引所」の世界を徹底的に描破した小説である。しかも先生はそれを、東と西の対立——東京兜町と大阪堂島の対立——関東気質と関西気質の対立——東京下町と大阪船場の対立——といふ形式に一篇の構成の重心を置かれた。…しかもこの対立する東と西の闘争に、一方には「物質」の権化と化した非情の富豪仁礼文七を据ゑ、一方には「自意識」によつて絶えず自己解体しようとする近代の知識青年重住高之を置き、両者を代表する大阪北浜取引所と東京兜町取引所との運命を賭した凄惨な死闘と、これに絡ませるに東の春子、清子、西の泰子、忍といづれ劣らぬ妖艶、清爽、純情、明知の四女性を恰も光琳の絵屏風の如く絢爛巧緻に配してこの間、謀略あり、仁侠あり、愛欲あり、さらには歌舞伎風な殺し場さへ加へて、先生一流の構想の妙と心憎いまでの心理描写は、近松の世話物とバルザックの人間喜劇にも匹敵すべき大社会小説とはなつたのである。」（八木義徳「解説」、新潮文庫『家族会議』、一九六〇、一七刷より引用）

(11) 鉄道省編纂『汽車時間表』昭和九年十二月号（復刻版、日本交通公社出版事業局、一九七八）

(12)「ボクソール」（Vauxhall）はイギリスの自動車メーカーのひとつ。一九二五年よりアメリカのGM（ゼネラルモーターズ）傘下にはいり、現在に至っている。

(13) 石川達三「唸つてゐる横光利一―甚だ不忠実な訪問記―」（『文藝』、一九三六・一、全集未収録）には、つぎのような横光の発言がみえる。「「然し何時までも今日のリアリズムを踏襲して行くと言ふ法はないね、そんな素朴リアリズムがいつ迄も通用する筈はない。酷く劣つてゐる。何故モンタージユをやらんかと思ふね。」／モンタージユによる新しきリアリズムだ。キネマはとつくの昔に実行してゐる。そして相当の効果をあげてゐるのだ。／「勿論それは誰でもやつてゐる事だが、もつと意識的にそれによつて新しいリアリズムを求めるべきぢやないかね。『家族会議』の中にはそれを考へて書いてゐる積りだがね。」」

(14) 樫原修「家族会議」（三好行雄『日本の近代小説II』、東京大学出版会、一九八六）

(15) 本庄栄治郎『三都の研究』（『本庄栄治郎著作集』第七冊、清文堂出版、一九七三）に詳しい。

(16) 武藤山治「序」（『大大阪画報』、大大阪画報社、一九二八）には、「我が国第一の経済都市であり物質文明の淵叢であるところの我が大阪市近来の発達は実に驚くべく、然かもこの高速度の進展が我が国経済界の消長を支配せること正に之れを東洋のマンチエスターと看るべきであつて、…」といった言説がみえる。

(17) 注（14）におなじ。なお「傀儡」は、横光の新感覚派テクストにおいて、かなり重要な意味をもつ。詳しくは拙著『都市テクスト論序説』（松籟社、二〇〇六）を参照のこと。

関西私鉄をめぐる断想
——三人のご報告を拝聴して——

原　武史

私の専門は政治思想史であって、鉄道の専門家ではない。ただ、関西の私鉄に関しては、かなり前から関心をもっていて、一九九八年に『「民都」大阪対「帝都」東京—思想としての関西私鉄』（講談社選書メチエ。サントリー学芸賞受賞）という本も出している。そうした観点から、それぞれのご報告につき、簡単に思ったことを述べてみたい。

まず、浦谷一弘さんの「蒼井雄「船富家の惨劇」の時刻表トリック」について。

この時刻表トリックは、南海鉄道と阪和電気鉄道という二つのライバル私鉄を使うことで成立している。阪和電気鉄道は買収されて国鉄阪和線となるが、「船富家の惨劇」が書かれた当時は、南海も阪和も私鉄だった。時刻表のトリックに私鉄を使うというのは、大変珍しいのではないか。戦後、松本清張、鮎川哲也、西村京太郎らによって精力的に書かれた鉄道ミステリーの舞台となったのは、どれも国鉄ないしJRであり、私鉄はほとんどない。管見の限り、せいぜい宮脇俊三のショートミステリー集『殺意の風景』（新潮社、一九八五年）に収められた「潮汐の巻」で、名古屋—津間を並走する国鉄の特急「南紀」と近鉄特急が出てくる程度である。

その理由はおそらく、時刻表の編集が戦前と戦後で大きく異なることにある。戦前の時刻表は、同じ地方を走る鉄道は国鉄（国有鉄道）であろうと私鉄（私設鉄道ないし軌道）であろうと近くにまとめて掲載され、私設鉄道のダイヤもそれなりに詳しく掲載されていた。ところが戦後になると、国鉄か私鉄かの区別が最優先され、国鉄監修の時刻表は国鉄のダイヤだけを詳しく載せるものとなり、私鉄は国鉄のダイヤの後に簡略にしか掲載されなくなった。この傾向は、国鉄が解体されてＪＲになってからも続いている。したがって、たとえ私鉄を舞台にトリックを考えようとしても、肝心のダイヤがわからなくなってしまった。

南海と阪和は、双方ともに路面電車を意味する軌道としてではなく、国鉄に準じた私設鉄道として開業したから、戦前の時刻表には国鉄なみにダイヤが掲載されていた。言うまでもなく関西には、国鉄と私鉄が、あるいは私鉄どうしが競合する区間が多数存在した。京都―大阪間で競合する国鉄と京阪、新京阪（現・阪急京都線）。大阪―神戸間で競合する国鉄と阪急、阪神。大阪―宝塚間で競合する国鉄と阪急。大阪―奈良間で競合する国鉄と大阪電気軌道（現・近鉄奈良線）などが代表的である。しかしこれらの区間を走る私鉄は、新京阪を除いて軌道として開業したため、時刻表にダイヤは掲載されず、トリックの成立する余地はなかった。これに対して、大阪―和歌山間で競合する南海と阪和は、どちらもダイヤが公表されていた。

ここに時刻表トリックが成立する要因があった。

私設鉄道は私設鉄道条例（後の私設鉄道法）、軌道は軌道条例（後の軌道法）にのっとって敷設された。軌道条例はわずか三か条しかなく、線路の幅についての規定もなかった。阪神、京阪、阪急、近鉄など、軌道条例にしたがって開業した関西私鉄の多くが、国有鉄道と同じ一〇六七㎜ではなく、国際標準軌に相当する一四三五㎜の線路幅を採用したのはこのためである。一方、私設鉄道として開業した南海と阪和は、国有鉄道と同じ一〇六七㎜の狭軌を採用せざるを得なかった。したがって多くの関西私鉄が国有鉄道との乗り入れができなかったのに対して、南海は和歌山市で、阪和は東和歌山（現・和歌山）でそれぞれ国鉄の紀勢西線（現・ＪＲ紀勢本線）に乗り入れることができ、実際に南海の難波や阪和の天王寺から国鉄の白浜口（現・白浜）まで直通の列車が走っていた。蒼井雄はここに目をつけたのである。

難波で南海の直通急行に乗り遅れても、天王寺で阪和の白浜直通列車に乗れば間に合うということは、それだけ阪和が速かったことを意味している。戦前の日本の電車のうち、最も速かったのは、天王寺と東和歌山を四五分で結ぶ阪和の超特急であった。ちなみに、現在同じ区間を走るＪＲの特急でも四一分から五二分かかり、快速に至っては一時間以上もかかっている。これは阪和に限ったことではなく、関西では梅田―神戸（現・三宮）間を結ぶ阪急の特急にせよ、梅田―宝塚間を結ぶ阪急の急行にせよ、昭和初期と現在では所要時間がほとんど違わない。それだけ関西私鉄の技術が国鉄ばかりか、関東私鉄のそれをも上回っていたわけだ。

もちろん首都圏でも、国鉄と私鉄が競合する区間はあった。東海道本線や横須賀線と京浜電気鉄道（現・京急）が並走する品川―横浜間や、中央本線と京王電気軌道（現・京王）が並走する新宿―八王子間などである。だが所要時間は、どこも国鉄のほうが短かった。品川―横浜間は、国鉄が二〇分に対して私鉄は急行でも三五分、新宿―八王子間は、国鉄が四八分に対して私鉄は五九分かかっている。昭和初期の関西がすでに「私鉄王国」として確立されていたのに対して、同時代の関東は国鉄優位の路線網が形成されていたのである。

次に、田中励儀さんの「関西の鉄道と泉鏡花」について。

この報告を聞きながら思ったのは、泉鏡花が自らの作品で舞台に設定する鉄道の区間に、ある共通した特徴があるのではないかということであった。それを一言でいえば、ある地方とある地方の境界、マージナルな場所が頻出するということである。「高野聖」に出てくる柳ケ瀬は滋賀と福井、近畿と北陸の境界に当たるし、「蛇くひ」に出てくる碓氷峠は群馬と長野、関東と信州の境界に当たる。あるいは、「鎧」に出てくる餘部鉄橋も、兵庫と鳥取の県境に近い。

これらの区間は、いずれも難工事であった。太平洋側と日本海側を結ぶ最短ルートとしていち早く工事が進められ、一八八二（明治一五）年に開業した柳ケ瀬は別として、アプト式鉄道を通した碓氷峠やトレッスル式鉄橋をかけた餘部は、信越本線や山陰本線の一番の難所であり、最後まで開通しなかった。言い換えれば、鉄道の開通によって東京とつながり、文明が持ち込まれることを最後まで拒絶してきた場所であった。そういう場所にくると、泉鏡花の感性が騒ぎ出すのかもしれないと思った。あるいは、関西なり関東なりの文化の中心ではなく、その周縁に位置しているということが、作家としての自由な想像力を刺激するようにも感じられた。

一方、泉鏡花の「楊柳歌」には、京都の路面電車が出てくる。小説のなかに国有鉄道と路面電車がともに出てくるという点に関する限り、鏡花は夏目漱石と似ている。「坊つちやん」「三四郎」「それから」のような、国有鉄道や路面電車が出てくる漱石の小説が書かれる時期と、「高野聖」「蛇くひ」「楊柳歌」などが書かれる時期はいずれも明治後期で、ちょうど全国の鉄道網が完成するとともに、大都市を中心に路面電車が発達する時期に当たっていた。しかしもちろん、違いもある。鏡花が東京から離れたマージナルな地域を通る鉄道に関心を向けたとすれば、漱石の小説に出てくる鉄道や路面電車は、常に東京とつながっているように見える。

関西私鉄という観点からいえば、鏡花の小説に関西私鉄は出てくるのだろうか。出てくるのかもしれないが、あまりイメージが浮かんでこない。例えば、泉鏡花が阪急の沿線に住んでいるというのはちょっと想像しづらい。実は阪急が箕面有馬電気軌道として開業して二年後に、今宮中学校の教師をしていた折口信夫が、沿線の螢池に移り住んだことがあった。しかし一年も経たずに、またもとの大阪ミナミに戻ってしまった。これに対して柳田國男の場合は、小田原急行鉄道（現・小田急）が、一九二七年の開業と同時に売り出した成城学園前の住宅地に移り住んで以来、一九六二年の死去に至るまで成城に住み続けた。こうして見ると、やはり作家や思想家と鉄道との間にはなんらかの関係があるのではないかという想像力が成り立つのである。

最後に、田口律男さんの「「関西」と「鉄道」のディスポジション―横光利一の場合―」について。この報告では、シヴェルブシュ、李孝徳、柳田國男らの鉄道に関する言説が引用され、鉄道が空間や時間を抹消するという点で、三者の主張の間に共通点があることが指摘された。だが正確にいえば、シヴェルブシュも指摘したように、鉄道は地方の自立性や固有性を抹殺し、どこにいても首都に向かって収束してゆく観念を生じさせる。つまり鉄道は、単に空間や時間を抹消するだけでなく、地方と首都の距離感を一挙に縮め、自分が首都に収束されてゆくという感覚を抱かしめるのに大きな役割を果たしたというべきではなかったか。

それに加えて、柳田國男の場合には、天皇や皇族が鉄道を利用して東京と地方の間を往復することの政治的役割を非常によく認識していたのではないか。このことは、大正から昭和初期にかけて、彼が東京朝日新聞の論説委員として書いていた社説によく表れている。例えば、「御発輦」(原文は「京都行幸の日」)という社説がある。一九二八(昭和三)年一一月に京都御所でおこなわれた大礼にさいして、東京から京都まで御召列車が運転されたのに合わせて書かれたものだ。御召列車が走る東海道本線の沿線各駅で人々が多数動員され、地方の人々がいながらにして天皇を仰ぐという体験を共有することで、日本国民が国家という「想像の共同体」をこれほど大々的に実感する機会はなかった。「かくの如き民心の統一は、恐らくは前代その類を見ざるところ」と柳田が言うとき、そこには鉄道の存在が強く認識されていたのである。

しかし柳田は、すべての鉄道が国家と結びついているとは考えていなかったように見える。前述のように、一九二七年から三〇年以上にわたって小田急の沿線に住み続けたということは、決して軽視されるべきではない。関東における分譲住宅地の草分けとなったのは、現在の東急が売り出した田園調布や洗足であり、小田急の成城はこれに続くものであった。けれどもさらにさかのぼれば、東急のやり方のモデルは阪急にあった。創業者の五島慶太は、そのノウハウを小林一三から直接学んでいる。一九二三年の関東大震災以降、東京の人口は東側から西側に大きく移動してゆくが、新宿や渋谷を起点とする私鉄の相次ぐ開業と、その沿線に売り出された分譲住宅地は、こうした時代の流れに見合うものであった。

成城には、柳田以外にも、平塚らいてうや大岡昇平、大江健三郎といった多くの文化人や作家が住んでいたこともわかる)。柳田は、有楽町にあった東京朝日新聞社に通うときには、成城学園前から上り新宿方面の電車に乗ったが、「水曜手帖」などを読んでみると、毎週水曜日にはよく下り小田原方面の電車に乗り、多摩丘陵一帯を散策していたことがわかる。この体験が、戦時下に書かれた『先祖の話』に発展してゆくというのが私見である。近代国家が成立する以前、いや、仏教など外来宗教が入ってくる以前の日本の固有信仰、魂のゆくえにたいする考察が、小田急の沿線でなされたことの意味は決して小さくはない。ついでにいえば、柳田の墓も小田急沿線の春秋苑墓地にある。柳田が鉄道を単に帝国的な、あるいは近代的な、首都につながる装置としてのみとらえていたわけではなかったという私の推測は、ここから生じている。

肝心の横光利一についてコメントしなければならない。横光の小説では、島崎藤村とは全く違い、東京と大阪がある種の二項対立としてとらえられているという。私に言わせれば、これもまた昭和初期という時代を象徴していたことになる。一九二五（大正一四）年に大阪市が市勢を拡張し、面積人口ともに東京市を上回って日本一になった。いわゆる大大阪の誕生である。このような状況は、一九三二（昭和七）年の大東京市の成立まで続いた。

都市計画に深い関心を持っていた人物として、昭和天皇をあげることができる。関東大震災によって東京市は壊滅的な打撃を受け、人口を大きく減らしたが、あのとき後藤新平が復興院総裁となり、東京の復興計画をやろうとした。天皇はこれに期待をかけた。けれども、諸々の事情によって予算を減らされてしまい、当初の計画は大幅な縮小を余儀なくされた。

一方、大阪市の場合は、関一という都市計画の専門家が市長となり、御堂筋の拡張や大阪城天守閣の再建など、着々と成果をあげつつあった。昭和天皇は大変な関心を持ち、ちょうど大阪市が日本一の都市であった一九二五年から三二年にかけて、三度にわたって大阪を訪問している。昭和天皇は、決して首都東京だけに目がとらわれていたわけではなく、それに拮抗する大阪の都市計画にも、きちんと目が行き届いていたと見るべきだろう。

鉄道に絡めて言うと、一九三二年の大阪行幸で、初めて御召列車は、途中名古屋で一泊することなく、その日のうちに大阪に着けるようになった。東京と大阪が、文字通りダイレクトに鉄道で結ばれたのである。このことが横光利一に何らかの影響を与えていたのか、あるいは与えていなかったのかを知りたいと思った。

以上が、それぞれのご報告に対する私の所感である。

拙著『「民都」大阪対「帝都」東京』では、「帝国」と「私鉄王国」という二つの用語をキー概念として使っている。「帝国」が東京を中心とし、東京を基準としてすべての線を「上り」「下り」に分ける国有鉄道網を意味するのに対して、「私鉄王国」は大阪を中心とする関西私鉄（正確にいえば私設鉄道や軌道）の路線網を意味する。「私鉄王国」は空間的には「帝国」の内部にあるが、東京駅とは独自のターミナルをもち、相対的にそこから独立している。例えば大阪電気軌道は、上本町よりも奈良のほうが東京に近いにもかかわらず、国有鉄道とは逆に奈良方面を「下り」、上本町方面を「上り」と称している。上本町が中心であることを明らかにしているわけだ。

この点で関東私鉄は、関西私鉄と大きく異なる。

東武、西武、京王、小田急、東急、京急などの関東私鉄は、いずれも国有鉄道の駅に付随してターミナルが作られた。新宿、池袋、渋谷、品川みなしかりであり、東京に近いほうを「上り」と称しているという点で国有鉄道と変わりがなかった。しかもこれらのターミナルは、既にあった国鉄の駅に、いわば間借りするような形で作られた。だから、山手線の線路をオーバークロスしたと思ったら擦り寄ってくる。あるいはオーバークロスする代わりに、ひたひたと寄り添ってきて、国鉄の駅のすぐ隣にターミナルが作られるのが大部分である。

ところが阪急梅田を見ると、駅が旧国鉄の線路と直角になっている。もともとあの駅は、直角に立体交差し、旧国鉄の線路の南側にあった。大阪駅が間近にあるのに、決して擦り寄らない。そういう位置関係になっていた。

これは別に阪急に限らず、阪神の梅田、南海の難波、京阪の天満橋、近鉄の上本町、創業当時のどのターミナルを見ても、国有鉄道とは別個の場所に作られた。関東私鉄は山手線が「万里の長城」となり、その内側に深く進入することはできなかったが、関西私鉄は大阪環状線が開通するはるか前から、その内側にターミナルをつくった。

それればかりではない。国有鉄道が第一義的には天皇や軍隊などを運ぶための鉄道であったのに対して、関西私鉄はそこから疎外された女性や中学生、子供などを主体とする文化を新たに作り出した。代表的なのは、阪急の宝塚少女歌劇と阪神の甲子園球場である。さらには、梅田の阪急百貨店や難波の高島屋百貨店をはじめとするターミナルデパートがある。これらのデパートは、赤レンガの東京駅に対抗するかのように、梅田や難波といったターミナルの威容を誇示する視覚的効果をもたらすことになった。前述のように関東私鉄は、関西私鉄に学ぶところが多かったが、宝塚や甲子園に匹敵する文化を創り出すことはできなかったし、ターミナルデパートにしても、渋谷の東横百貨店のように国鉄の駅の真上に作られ、まるで国鉄のデパートのように見えてしまうところが、関西私鉄とは大きく異なっていた。要するに関東私鉄は、関西私鉄のような「私鉄王国」を確立させることはできず、せいぜい「帝国」を補完するにとどまったのである。

最初に触れたように、私の専門は政治思想史である。政治思想史の研究者が、なぜ鉄道の本を書くのかという疑問があるかもしれない。日本政治思想史といえば、丸山真男のように、荻生徂徠、福沢諭吉、中江兆民、吉野作造といった有名な思想家の全集を読んで、その思想を解明するというイメージがあるからである。私は、そのようなテキスト解釈主流の政治思想史学に対して、ずいぶん前から異を唱えてきた。有名人の思想を解明するだけでは、その時代の政治体制の思想を解明したことにはならない。そもそも、思想というものがすべて言説化されているという前提自体が間違っている。鉄道や広場にも思想はあるのだ（広場については、拙著『皇居前広場』、ちくま学芸文庫、二〇〇七年を参照）。こうしたことは、案外文科系よりも理科系の建築学などを専門にしている学者のほうが、よくわかっていたりする。

関西私鉄に興味をもち、本まで書いてしまったわけだが、私自身はずっと関東私鉄の沿線で暮らしてきたので、関西に住んだことはない。この三〇年ぐらいは東急沿線で暮らしている。だから、『「民都」大阪対「帝都」東京』は、ある種のオクシデンタリズム、つまり「東」の東急にはない思想を「西」の阪急に見出して理想化するという問題を抱えているのではないかという批判があり得るかと思う。実際に、この本を読んだ関西学院大学のある教授からは、「阪急をほめすぎだ」とのコメントをいただいた。確かに利用者からすれば、東急のようにターミナルをなくして地下鉄を相互乗り入れにし、都心まで乗り換えなく一本で行けるほうが便利だということになるわけで、ターミナルにこだわる阪急はこうした利用者の声を無視していることにもなろう。

前述のように、東急の文化は阪急をある程度模倣してつくられた。東西の代表的な高級住宅地として、東急の田園調布と阪急の芦屋川があげられることも多い。しかし両者の沿線に育ったり、いまも住んだりしている人々の思想には、やはりその対照的といっていい沿線文化が影響を与えているということはないだろうか。

例えば、東急の田園調布には石原慎太郎の家がある。たまプラーザには阿川弘之の家がある。さらに青葉台には芸術家一家として有名な千住博、明、真理子の実家がある。私は中学、高校時代を東急沿線の日吉にある慶応で過ごしたが、私の一年上には石原慎太郎の次男と阿川弘之の次男がいた。千住博、明、真理子も中学、高校は慶応だった。私は東急沿線では少数派に属する団地に住んでいたが、多数派に属するこれらの人々は、みな東急が分譲した一戸建てに住んでいた。彼らと私に共通するのは、東急に乗って慶応に通学したという点だけである。

阪急を創業した小林一三は、慶応義塾で学んだが、官尊民卑を批判する福沢諭吉の影響を受け、天下りを一人も入れなければ、政府からの補助金も一切もらわなかった。この点は、鉄道省の官僚出身で、政府とのパイプをむしろ積極的に活用した五島慶太とは正反対であった。ところが慶応は、小泉信三が塾長となるや官に擦り寄り、小泉は東宮参与として現天皇に思想的影響を与えた。最近では橋本龍太郎や小泉純一郎のように、慶応出身の首相も出るようになっている。慶応の変質は、五島慶太的な東急文化と見合っているのである。

これに対して、阪急沿線には、JR西日本の攻勢によって「私鉄王国」が崩壊し、阪急と阪神が合併したいまも、小林一三の思想が残っているように見える。手塚治虫、村上春樹、須賀敦子、高橋源一郎、四方田犬彦。こういった阪急沿線ゆかりの人々の名前をあげただけで、東急にはない一つの傾向を認めることができる。中井久夫の「阪神間の文化と須賀敦子」（『時のしずく』、みすず書房、二〇〇五年）には夙川から六甲にかけての阪急神戸線の風景が描写されているが、東急東横線や田園都市線の沿線には、果たしてこれだけの風景が残っているだろうか。言うまでもないことながら、鉄道とはただ機械が勝手に動いているのではなく、人間が人間を運んでいるということ、とりわけ私鉄の場合、沿線住民のライフスタイルまでをも大きく規定しているということを、しみじみと感ぜずにはいられなくなる。

最近、『滝山コミューン一九七四』という本を講談社から出した。これは東急の話ではなく、西武沿線の団地にある小学校が舞台となっている。沿線を住宅地としてまるごと開発した阪急や東急とは異なり、学園都市の建設に失敗した西武の沿線は、戦後も長らく広大な雑木林が放置されていた。ここに、一九五九年につくられたひばりケ丘団地を皮切りに、六〇年代以降、大団地が次々と建てられていった。私が東急沿線に引っ越す前に住んでいたのは、六八年に完成した滝山団地というマンモス団地であった。

関西の団地では、京阪沿線の香里団地や、北大阪急行沿線や阪急千里線沿線の千里ニュータウンなどがこれに当たる。けれども、香里団地や千里ニュータウンは、駅に隣接しているのに対して、滝山団地を含む西武沿線の団地は、大体駅から離れていて、バスでないと行けない。しかもそのバスは、ほとんど団地住民しか乗らない。団地自体が隔離されたような場所にあって、駅を降りてバスに乗った瞬間から、きわめて閉鎖的で同質的な世界が出来上がっているということになる。

こうした沿線には、阪急や東急とはもちろん、同じ大団地のある東武や新京成とも異なる文化ができるように思う。東武の松原団地、武里団地や、新京成の常盤平団地などは、いずれも駅に隣接しているという点では、香里団地や千里ニュータウンに似ている。駅に隣接しているというのは、団地住民以外の人々が入ってきやすいということだ。ところが滝山団地はそうではない。団地の人気がまだ高く、政治的にも革新勢力が強かった七〇年代に、西武という関東私鉄の沿線でどのような思想が台頭したのかを、私が通っていた東久留米市立第七小学校を舞台に描こうとしたのが、『滝山コミューン一九七四』である。

私はこれを書きながら、こうした方法は決して西武だけに当てはまるというわけではなく、関西私鉄を論じる際にも有効ではないかと思った。例えば、阪急沿線の芦屋六麓荘で育った人間の戦後と、北大阪急行の千里中央付近の団地で育った人間の戦後では、当然ながら大きく異なる。あるいは、同じ阪神間であっても、阪急と阪神ではまるで違う。そうした違いは、例えば阪神沿線の出屋敷や大物を舞台とする車谷長吉の『赤目四十八瀧心中未遂』（文藝春秋、一九九八年）を読むとよくわかるのだが、思想史学としてはまだ十分に確立されていない。私鉄文化を通して見た戦後史というのは、私自身がこれから挑んでみたいテーマの一つである。

最後になるが、文学とは何の関係もない分野を専門とする私のような者を招いてくださった日本近代文学会関西支部の関係者の方々に、この場を借りて厚く御礼申し上げたい。いまは聴けなくなった大阪市営地下鉄の外国人男性アナウンスのうち、圧巻だった「西中島南方」のものまねが余興でできなかったのは残念だったが…。

企画を終えて
――質疑応答の報告と展望――

天野勝重
日高佳紀
日比嘉高

企画が立ち上がった段階では予想もしなかったことであるが、ここのところ鉄道趣味に注目が集まり、一部マニアの関心事ばかりとは言えなくなっているようである。そうした流行と今回の企画は偶然タイミングが一致しただけなのだが、発表者の四名がそれぞれ鉄道について該博な知識をもっておられたこと、「鉄道」という熱烈なファン層が存在するテーマを取り扱ったこと、学会の案内が新聞に掲載されたことなどもあり、当日の会場はかなりの盛況だった。様々な層の人たちの来聴を予想（期待）していたものの、参加者のほとんどは文学研究者となり、「鉄道」と文学の表現の問題とをどう交差させるかという点を中心に議論が交わされた。以下、まず簡単に主要な質疑応答を紹介し、その後、企画に携わった三人が考えた問題点や展望について記してみたい。

＊

まず、三谷憲正より、蒼井雄「船富家の惨劇」とプレテクストとの関わりについて、特に南紀白浜が舞台となった理由と関西における観光開発の拠点としての意味について質問があり、浦谷から実際の場所と作中の設定との関わりについて具体的な説明がなされた。また、同時代の鉄道が時刻表どおりに運行されたかどうか、現在と同じような状況と受け取ってよいのか、といった三谷の質問に対して、田中は、泉鏡花の場合は、作中の設定と現実の時刻表はかなり一致していると回答し、また、分単位で記されていること自体、明治以前と以後で時間の感覚が相当に変化していることを示しているとした。原は、推理小説が成立するために、正確な鉄道の運行というものが条件であるのは当然であり、また、日本で鉄道ダイヤが現在のように正確になるのはおおむね大正期以降であろうとの見解を示した。

日高佳紀より、田口の提出した鉄道におけるトポスの両義性について質問があった。それに関連すると、たとえば鉄道を一方向的な動きとしてではなく、列車どうしがすれ違う瞬間の出会いと別れなどといった出来事が物語の中で機能することがあるのではないか、また、速度に代表される身体感覚レベルの変化も含めて、鉄道技術の発達が文学にもたらしたものについての意見が求められた。続けて日高は、田中に対して、鏡花の作品に登場する鉄道において、都市間を繋ぐ国有鉄道と都市内部の市電との間のレベル差をどう考えるかと質問した。

田口は、鉄道の両義性について、時間と空間の抹殺の問題などが、横光利一「家族会議」の中にも書きこまれていることを指摘、単にシステムとしての鉄道だけではなく、システムの中を生きてしまう身体感覚の問題を考えるべきで、身体とシステムと言語の問題を同時に考えないと、両義性について問題化できないのではないかと主張した。日比は、鉄道に関するトポスの両義性について、たとえば駅といったものが、人びとの出会いと別れの場として、早い段階で類型化されて文学の上で利用されているのではないか、と田山花袋「蒲団」の挿絵についての武田信明の指摘（『三四郎の乗った汽車』）を参照しつつ述べた。

以上の議論をふまえて、日高は、鉄道のもつルールとして、時間の超越性が決定的に作用する、あるいは、空間的な意味で同じレールの上での出会いとすれ違い引き起こされる偶然性と超越性が、同時代の制度に対峙する設定になりえたのではないかといった点を、徳冨蘆花「不如帰」の山科駅での別れの場面を例にしながら指摘した。また、物語を享受する際、路線や駅といったトポスや時刻表の時刻設定なども、それぞれの個別体験を読む上でのある種の類型として作用するはずであり、それらを、制度的なものに対する個別性の強度を発露するものとして考えられないかと述べた。

田中は、日高の意見と接続させながら最初の質問に答え、車両という同じハコの中にいるということは、一定の公共性があると同時に、閉鎖性も認めるべきであるとし、鏡花の作品を例にするなら、「高野聖」における国有鉄道での出会いと、「酸漿」に出てくるような、東京の市電の逃げ場がない狭い空間の出会いとの質的差異を示し、物語内容を反映するものとして位置づけた。また、街の入口・始まりとしての駅に顕れているように、国有鉄道の方は境界性の意味合いが強く、一方、路面電車は街の内部での体験を描くものとして使われるなど、表現の問題だけでなく、話の展開の問題として捉えることができるだろうと述べた。これに関連して、浦谷は、公共性と閉鎖性を考慮するなら、探偵小説の場合、秘密を抱えた者どうしの出会う場として、車内の空間を考えることができるだろうとの見解を示した。

次に浅野洋より田口へ、「空間」「時間」「身体」「都市」「アウラ」といった抽象的な大文字で語ってしまうことの問題性について疑義の投げかけがあった。鉄道という近代テクノロジーが導入されることによって、文学者が獲得したもの、喪失したものとはなにか。どのような表現が獲得され、また背景に沈んでいったのかを具体的に問うべきではないかということであった。この提起につなげて大橋毅彦が、鏡花の石炭の匂いへの嗜好、稲垣足穂の市電や自動車の排気ガスへの注目、田口が今回の発表で扱った横光の修学旅行記の大阪表象に見られる未来派的な感覚などの例を挙げつつ、新しい感性の登場について見解を述べた。また大橋は、浦谷に対しても、近代のテクノロジーが浸透していくときに現れるある種の階層性―たとえば鉄道よりも飛行機といった―に注目することで、川端康成「浅草紅団」の表現と比較検討するなど、研究に広がりが出てくるだろうと指摘した。

田口は浅野の問いに対し、答えを導くためにはテクノロジーと身体感受性だけでなく、それをどう言説化したのかという表現の問題として文学研究は取り組まねばならないとした。その上で、未来派、新感覚派に言及しつつ一九二〇年代あたりに起こった表現の枠組みの切断に、どうテクノロジーがからむのかが問題であるとした。

その後、鉄道雑誌や鉄道同好会などが昭和初年代に発生していることにふれた日比の発言を受けて、原が当時小田急や東急が様々な新型車両を導入したことがマニアックな楽しみ方を可能にしたと指摘した。それに対し日比が鉄道の魅力の一つに巨大な鉄の塊への憧れのようなものがあるのではと続けた。ここで田口、田中、浦谷がそれぞれの立場から鉄道の魅力というものを分析した。まず田口はモダニズムの視点から言えば、流線型への憧れというものがあったと述べた。続けて田中は明治期の小説、たとえば江見水蔭の「鉄道小説汽車之友」には鉄道に関する蘊蓄が語られており、現在の鉄道マニアの原型と言えるものが明治三〇年代には既に存在していたことを紹介した。浦谷は推理小説研究の立場からの発言で、当初は鉄道は轢死体を発生させる脅威として、何か恐ろしいものとして登場していたが、平林初之輔や海野十三などが鉄道を素材にしたり、トリックの舞台にしたりという形で利用したミステリーを書き始めたのが一九三〇年代のことであったと述べた。

その次の浅野の質問については後述することとし、久保田輝が横光の経験と作品の関係性について田口に実体験と作品が言語で分断されているのでは、と質問。それに対して田口は、横光の修学旅行についての調査研究の例をあげながら資料と作品を直結する危険性について述べ、ここで時間のためシンポジウムは終了した。

＊

いくつか重要な論点について振り返っておこう。浅野は、抽象的な大文字を用いた議論ではなく、具体的な表現の分析の重要性を強調した上で、鉄道によって文学（者）が獲得したもの、喪失したものについて問いかけた。鉄道の発達はたとえば同時に水運業や馬車といった鉄道以外の陸上輸送手段を衰退に追い込んでいったのではないか、との浅野の認識は、鉄道のもたらしたものを考える上で非常に重要な視点といえよう。続けて浅野は原に対して「鉄道」と「天皇」そして「柳田國男」の三者の関係について質問を行い、原は柳田は水運の衰退を指摘していることや、昭和初期に天皇をはじめとした皇族達が鉄道を使って日本全国をまわり、それが国民意識の生成に寄与したことなどの視点を提示した。特に後者の視点は重要であろう。

また日高の「鉄道というテクノロジー（特にスピード）の発達」というものが小説における重要な要素として形成されてきたのではないかという質問があった。これは日高が「不如帰」の山科駅で武男と浪子が一瞬再会しまた別れていく場面を具体例としてあげたように、「駅」という特殊な空間に「鉄道」という特殊な移動空間がいくつも猛スピードで発着するという状況は、確かに小説の特殊性を要求する構造と相性がよいと考えられる。また、そこには旧道徳的な制度に対するテクノロジーの超越性が反映されているとも考えられよう。一方で、そうした超越性が権力構造と結びついたとき、帝国主義的な「全体」への志向性を内包することも、考慮に入れておかなくてはならないはずだ。

鉄道というシステムと個別的な体験との関わりについても議論がなされた。たとえば、時刻表に記載された分刻みの時間感覚、駅、レール上、車両内部といった空間の認識とその特殊性なども、近代における新たな体験を生み出すものにちがいない。田口の発言にあったように、所与のシステムを個人の「生きられた感覚」として捉え直すこと、ここにこそ、文学研究の可能性と生産性を見るべきであろう。

シンポジウムを終えてあらためて感じたことであるが、鉄道という切り口は、テクストの読解ひいては文学研究に、非常に多様な実りをもたらしうるようだ。単なる背景や小道具と思われていた作品の要素を追求することが、作品の劇的な読みなおしにつながることがあるが、鉄道にはそうした起爆力がある。

ただし、ただ一口に鉄道に注目するといっても、実際にはさほど簡単なことではないことも痛感させられた。議論になったように、鉄道がもたらした新しい経験、新しい感性をどう文学の言葉が捉えたかという問題の構成は、総論としては容易だが、実際には作品の選択にはじまり、変容の度合いや質の測定をどうクリアするか、同時代の他の交通手段や空間・時間の経験という文脈の中で置き直してみるとどうなのか、作品の言葉への跳ね返りをどう検証するのか、など分析者の視点や視野が問われるところでもある。

今後の課題としては、鉄道というテーマを設定したときに直面する、均質性／特異性、グローバル／ローカルの間の関係をどう論じていくかという問題が一つにはあるだろう。たとえば今回は「関西」という地域を舞台として設定したが、当日の議論の行方が示したように、鉄道は「国家」と密接に関係して発展してきており、議論はそちらに傾きがちである。もちろん、こうした均質な経験をグローバルに展開していく鉄道の力を考察していくことは、植民地への路線の拡大の問題をはじめ重要な視点であることは動かないが、一方でその大規模なシステムの中にありながら生起し存続しえたローカルな文化や経験を消去せずに考えていくこともまた、必要な課題であるだろう。「関西」の鉄道を問う作業もまた、今後さらなる継続が必要である。

※まとめにあたり、敬称はすべて省略した。また本書全体の表記の統一に関しての文責は、天野・日高・日比が負っている。

※本シンポジウムは二〇〇七年六月九日に大阪大学において開催された。

あとがき

日本近代文学会関西支部は、二〇〇五年度から特集企画を続けている。二〇〇五年度春季大会は、日本近代文学会関西支部編『大阪近代文学事典』（和泉書院）の刊行を記念して、「特集　研究としての辞典―『大阪近代文学事典』刊行を記念して」という企画を行い、ゲストに紅野謙介氏をお呼びした。その特集は「いずみ通信」三三号に紹介され、『日本近代文学』第七三号に全て論文掲載された。秋季大会でも「シンポジウム〈文学〉はいかに精読しうるか？―『卍』への接近／『卍』からの発信」の企画で、金子明雄氏がゲスト参加した。この企画も『国文学解釈と鑑賞』（平成一八年八月号）に掲載された。二〇〇六年度春季大会は、「シンポジウム　戦時下における中国と日本の文学的通路を考える―〈上海〉を視座として」で、ゲストに劉建輝氏をお迎えした。

今回の二〇〇七年六月九日の「シンポジウム　鉄道―関西近代のマトリクス」は、四度目の企画であった。本企画は、ゲストに鉄道研究で数多くの著書を持つ原武史氏をお迎えし、二四八名収容の会場が満席になるほどの大盛況ぶりで、かつてないほどの大成功を収めたことは言うまでもない。『日本近代文学』第七七号に浅野洋氏が、大会の詳細を記録、紹介してくれた。発表者として、関西支部学会幹事として、関西支部学会事務局として三度の大会に関わってきた私にとって、本企画の成功は何よりの喜びだった。二四八名が参加した熱気のこもった大会を、来聴できなかった方々にも何としても、お伝えしたいと思って実現したのがこの「ブックレット」である。

本企画をなすにあたり、多くの方々にお世話になった。ゲストの原武史氏、発表者の、浦谷一弘氏、田中励儀氏、田口律男氏、会場校を快く提供して下さった、大阪大学の出原隆俊氏および、大阪大学大学院生の方々にこの場をかりて、厚く御礼申し上げます。『神戸新聞』が広告を掲載してくれたため、一般市民からの問い合わせがあったことも忘れられない。また、かなりの長期間練りに練った企画を考え、表記全体統一など校正をして下さった企画委員の日髙佳紀氏、日比嘉高氏、天野勝重氏の裏方の力も大きかったと思う。何より、会場に足を運んで、積極的に質疑応答に参加して下さった方々に、心より御礼を申し上げたい。

日本近代文学会関西支部事務局　増田周子

■執筆者紹介

太田　登（おおた　のぼる）　天理大学文学部教授
浦谷一弘（うらたに　かずひろ）　龍谷大学大学院博士課程
田中励儀（たなか　れいぎ）　同志社大学文学部教授
田口律男（たぐち　りつお）　龍谷大学経済学部教授
原　武史（はら　たけし）　明治学院大学国際学部教授
天野勝重（あまの　かつしげ）　大谷大学短期大学部専任講師
日高佳紀（ひだか　よしき）　奈良教育大学准教授
日比嘉高（ひび　よしたか）　京都教育大学准教授
増田周子（ますだ　ちかこ）　関西大学文学部准教授

いずみブックレット1

鉄道 ―関西近代のマトリクス

二〇〇七年一一月一〇日　初版第一刷発行©

編　者　日本近代文学会　関西支部
発行者　廣橋研三
発行所　和泉書院
〒543-0002　大阪市天王寺区上汐五―三―八
電話　〇六―六七七一―一四六七
振替　〇〇九七〇―八―一五〇四三

印刷・製本　シナノ

ISBN978-4-7576-0437-7　C1395